EUGÉNIE,

o u

N'EST PAS

FEMME DE BIEN QUI VEUT.

Evreux, de l'Imprimerie de J. J. L.
ANCELLE. — 1813.

EUGÉNIE,

OU

N'EST PAS

FEMME DE BIEN QUI VEUT.

Par M.ᵉ de C***, Auteur de CORALIE, ou
LE DANGER DE SE FIER A SOI-MÊME.

Video meliora proboque
Deteriora sequor. (OVIDE).

TOME IV.

A PARIS,

Chez PIGOREAU, Libraire, Place Saint-
Germain l'Auxerrois.

1813.

EUGÉNIE,

ou

N'EST PAS

FEMME DE BIEN QUI VEUT.

CHAPITRE PREMIER.

J'ENTENDIS arrêter une voiture à ma porte , et j'en vois descendre , avec beaucoup de précipitation , madame de Luzi , Victoire et un gros homme en perruque poudrée, que je ne connaissais pas du tout.

Madame de Luzi sanglottait en m'embrassant ; elle me demanda au nom de son amitié et de tous les chagrins que je lui avais déjà causés , d'accepter bien vite les secours de

Tome IV. A

l'homme poudré , qu'elle nomma le docteur Parqueus.

Je soutins que je n'étais pas malale , et que Victoire se trompait.

Cette pauvre fille apporta le vase encore impregné de la funeste liqueur ; et le docteur, qui avait d'ailleurs la physionomie d'un très-bon homme , me parla du ton le plus sévère et le p'us rigoureux.

Il m'observa en peu de paroles que je n'étais pas libre de disposer de ma vie ; et que le seul courage qui fut estimable , était celui de souffrir.

Au surplus il dit que si je ne faisais pas mon devoir il ferat le sien ; et que *de gré* ou *de force* , je recevrais ses secours.

J'avoue que ce ton me parut peu consolant , et que je jugeai fort mal de la sensibilité du docteur ; mais ces mots *de gré* ou *de force* , firent leur effet ; car le docteur, tout en parlant, préparait un vomitif , et ne paraissait nullement s'inquiéter de mon consentement.

Persuadée que ma résistance serait inutile , je me soumis comme un enfant, et je rendis presqu'en totalité le laudanum et l'opium que j'avais avalés.

— A présent, me dit madame de Luzi , que vos jours sont assurés, je vais m'occuper sans relâche du sujet de votre douleur ; je pars pour Vincennes : je le verrai cet homme étrange, et fait pour désespérer tous les êtres qui s'attachent à lui.

— Ah ! mon amie , c'est inutile ; il ne sait plus que tromper, et peut-être se tromper lui-même.

Je paraissais de sang-froid ; je ne versais pas une larme, je ne me plaignais point ; le docteur connaissait

le cœur humain , et savait que la
douleur qui ne s'épanche pas, qui
ne cherche ni pitié ni consolation ,
est celle qui tue véritablement ; il
promit donc à mon amie de ne pas
me quitter, et la conjura, avec un
signe très-expressif, de ramener mon
époux.

Soit que le poison eut déjà commencé d'agir, ou que le chagrin pro-
duisît cet effet , je m'évanouissais à
chaque instant.

On avait placé des matelats près
de la fenêtre , pour que j'y reçusse
plus d'air ; j'y étais étendue et sans
mouvement , trois heures après ,
quand madame de Luzi rentra , et
S.t-Prix avec elle.

La première idée qu'il eut en me
voyant ainsi fut de me croire morte ;
il se jetta à mes pieds, couvrant son
visage de ses mains, n'osant jeter

les yeux ni sur moi, ni sur le docteur.

— Cela ne sera rien, dit M. Parqueus à madame de Luzi, dont les
regards effrayés l'interrogeaient; je
réponds de sa vie, s'il ne survient pas
d'autres accidens.

Alors S.t-Prix se précipita sur ma
main, sur ma poitrine...; le docteur
voulait l'écarter, mais je repris connaissance en cet instant; et avant le
retour entier de ma raison, mon
premier mouvement fut de sourire
avec tendresse à l'ingrat qui m'acca-
blait de la plus mortelle douleur.

Ce sourire fit la plus vive impression sur le docteur Parqueus, qui
avait affecté une dureté extrêmement
loin de son cœur.

— Ah! monsieur, dit-il à mon
époux, que tant de douceur vous
rend coupable! et, s'abandonnant à

A 3

sa sensibilité, il baisa ma main et la couvrit de larmes.

Celles de madame de Luzi et de ma bonne Victoire m'avaient touchée, mais sans me donner pourtant la faculté d'en répandre moi-même ; les larmes du docteur produisirent cet heureux effet : je pus pleurer, et ce fut alors qu'il me regarda comme véritablement sauvée.

Je prolongerais trop péniblement pour moi-même le souvenir de cette scène, en en donnant tous les détails ; il suffit de dire que S.t-Prix me promit formellement de ne plus songer au divorce, et me supplia de ne point l'humilier à ses propres yeux, en lui rappelant ses torts.

Le docteur reconduisit mon amie chez elle et nous laissa si parfaitement raccommodés, que S.t-Prix dissimulait à peine l'impatience de se trouver *seul* avec moi , et de mettre , par les plus vives protestations d'amour , le sceau à notre réconciliation.

Madame de Luzi , sans paraître entièrement le deviner , lui rappela mon extrême faiblesse... ; le docteur répondit à sa pensée , en lui observant que les émotions du bonheur n'étaient jamais dangereuses.

J'embrassai ma pauvre Victoire, à qui j'avais fait bien du mal , et qui était excédée de fatigue ; j'exigeai qu'elle allât se coucher; et véritablement depuis le retour de S.t Prix, je ne m'évanouissais plus et ne me sentais que fort accablée.

———————

CHAPITRE II.

CE n'est pas sans motif que je rappéle ici les tendres propos dont S.t-Prix m'accabla pendant cette nuit, qui succéda au jour le plus malheureux.

L'état de faiblesse et d'anéantissement dans lequel je me trouvais, ne me permettait guère d'y répondre, mais je m'y abandonnais avec une douce sécurité ; et, voulant laisser à mon époux le souvenir de ma générosité à lui pardonner, je ne lui faisais aucuns reproches , je me montrais sans inquiétude pour l'avenir.

Le jour était prêt à paraître quand je commençai à m'endormir ; après tant d'agitation mon sommeil fut long et profond.

Il était déjà dix heures quand je me réveillai; mon premier sentiment fut d'étendre les bras pour chercher mon époux , que je ne sentais pas près de moi ; mes bras ne l'atteignirent pas...

J'ouvris les yeux , et à la lueur de ma lampe , qui brûlait encore , je le cherchai dans ma chambre où je ne le trouvai pas.

Enfin je sonnai brusquement Victoire , qui attendait mon réveil , et arriva à l'instant.

Je lui demandai où était S.t-Prix ; elle me répondit qu'elle le croyait près de moi , et je commençai à éprouver quelque trouble.

Victoire courut chez le portier , qui dit que M. S.t Prix était sorti à six heures du matin et n'avait rien dit.

Nous nous regardions en silence

Victoire et mo'; mais, ne pouvant réellement m'arrêter à l'idée d'une semblable trahison, je me persuadai facilement ce que cette bonne fille, moins crédule que moi, me disait pour me rassurer : — Monsieur vous aurait laissé une lettre, me disait Victoire, s'il avait eu de mauvais desseins en vous quittant. Elle m'apporta du chocolat, éloigna mes réflexions de tout son pouvoir, et peu de minutes après le docteur Parqueus entra.

L'air grave du docteur me frappa, et tout ce qui s'était passé en sa présence la veille lui donnant droit à ma confiance, je me hâtai de lui demander ce qu'il pensait de l'absence de S.t-Prix, qui s'était éloigné avant mon réveil.

— Ma chère amie, me dit le docteur, (pardonnez à mon âge si j'ose vous nommer ainsi) je n'ai point aimé hier l'extrême facilité avec laquelle votre époux a renoncé à ses projets , cela pourrait prouver l'unique désir de se tirer d'une situation embarrassante.

— Ah ! docteur, vous ne le connaissez pas ; S.t-Prix est faible , inconséquent , mais il m'aime ; et c'est pour la troisième fois déjà qu'il me sacrifie cette femme dont nous avons parlé hier.

— Elle n'était pas libre jusqu'à ce moment, reprit-il , mais la mort de son époux lui a rendu sa liberté , et votre mari me paraît accorder des idées de vertu avec des passions qui pourraient bien le conduire au vice ; il veut le bien, il fait le mal , et malheureusement son esprit lui fournit des sophismes pour justifier ses sens ou son cœur.

— Oh ! ciel, que vous le connaissez bien ; mais d'après quoi le jugez
vous ainsi... ? depuis hier... ; par hasard ne l'auriez-vous point vu... ?

M. Parqueus hésita... : — Non,
pas vu précisément.

— Vous aurait-il écrit ? J'entends
votre silence..., M. Parqueus : oh !
parlez, parlez.

— Mon amie si vous aviez été in-
dignement trompée !

— Le monstre ! après tant de caresses..., il serait possible !

— N'en doutez point ; et ne sacri-
fiez pas votre vie, votre jeunesse,
votre beauté, à un être qui ne fut
jamais digne de vous.

Le docteur tira une lettre de sa
poche : soutenue par l'indignation,
je pus la lire, et depuis je ne l'oubliai
jamais ; la voici :

« Je vous prie, monsieur, de vouloir

» bien porter vos secours et vos con-
» solations à madame de S.t-Prix ; je
» l'ai quittée ce matin pour ne la re-
» voir jamais.

» Nous ne nous convenons pas ,
» mais je sais pourtant que ces pre-
» miers momens lui seront sensibles.

» Madame de S.t-Prix est vive ,
» passionnée ; ses douleurs sont vio-
» lentes , mais elles ne sont pas
» durables ; j'ai d'autres larmes à es-
» suyer.. ; des larmes amères , que
» des années d'abandon n'ont pu
» tarir.

« Telle serait mon excuse , mon-
» sieur , si j'en avais besoin , et s'il
» m'était nécessaire d'en donner ; le
» monde peut ignorer les circons-
» tances qui me conduisent , et me
» blâmer ; mais madame de S.t Prix
» les connaît et n'ignorera point que
» j'obéis en tout ceci , bien moins à

» mon inclination qu'à mes devoirs.
» Veuillez bien lui communiquer
» cette lettre et la préparer à rece-
» voir demain l'homme de loi qui lui
» dictera les démarches qu'exige
» notre divorce , et se chargera de
» l'accélérer.

Je suis , etc.

— Qu'il vienne ! qu'il vienne !
m'écriai-je , je suis prête à le signer ;
le plus grand de tous les malheurs
est d'appartenir à un être capable de
tant de perfidie.

— Bravo , me dit le bon docteur ,
qui avait craint le retour de mon désespoir , c'est à la duperie de leurs
sentimens ou à la faiblesse de leurs
caractères , que la plupart des femmes
doivent leur malheur.

— Ah ! vous ne pouvez connaître
tous les torts de M. de S.t Prix envers moi ; tous les sacrifices m'eus-

sent été possibles pour lui.... , je l'aimais tant.... ; j'étais si heureuse quand je me croyais aimée.. ; hier.., encore hier.

— Point de souvenir , mon amie , vous ne devez plus l'aimer.

— Oh ! son nom seul me fait horreur.

— Et pourtant , me dit le docteur , qui me voyait dans la plus vive agitation , vos yeux sont remplis de larmes ; vous souffrez, oui vous souffrez beaucoup.

— Ah ! docteur , lui dis-je en laissant couler mes larmes , je crois que la haine peut faire autant de mal que l'amour.

— Vous ne haïssez pas , vous ne haïrez jamais... , votre ame est trop sensible , trop douce , mais qu'elle s'affermisse , je vous en conjure , calculez les beaux jours qui peuvent encore s'écouler pour vous.

Madame de Luzi entra et ne me quitta pas qu'elle ne m'eût véritablement laissée résignée et tranquille ; S.t-Prix avait essayé de lui prouver avant de partir, que sa conduite avait des motifs aussi estimables que puissans ; tout ce qu'elle me dit de lui me blessa, et sans m'aider à comprendre qu'il eut repris de l'amour pour madame de Fening, je vis décidément qu'il n'en avait plus pour moi.

Je ne savais pas ce que me réservait l'avenir, mais la confiance à jamais altérée entre nous ne pouvait que m'assurer des peines.

Cette nuit..., cette dernière nuit, passée à me tromper par toutes les apparences de l'amour, me parut un raffinement de cruauté.

Je

Je me demandais avec un juste ressentiment , comment il avait pu presser avec tendresse un cœur qu'il était tout prêt à déchirer ; enfin ma colère se soutint ; on me présenta un acte de divorce , si facile à exécuter à cette époque , que mon aveu ou mon refus étaient de peu d'importance.

Je fis sans délai les démarches nécessaires , et repris par la suite le nom de Lomedy , que je portais avant mon mariage.

S.t-Prix me faisait cent louis de pension ; sa fortune ne lui permettait pas davantage ; mon ambition en était satisfaite , et je n'eus plus d'autre relation avec mon époux.

CHAPITRE III.

Sɪ je n'ai point parlé de mon père et ma mère dans cette circonstance, c'est qu'ils n'étaient pas à Paris, et demeuraient en Province depuis plus de six mois.

Madame de Luzi, toujours fort liée d'amitié avec mon père, avait acheté, des débris de sa fortune, une jolie petite maison à Rouen; mes parens demeuraient chez elle, et mon amie était au moment de les rejoindre et de se fixer avec son mari dans cette ville, quand mon retour à Paris, le renouvellement de notre amitié, et mes malheurs enfin l'avaient retenue jusqu'alors près de moi.

Notre séparation m'affligea beaucoup , et les raisons de fortune , qui engageaient madame de Luzi à quitter Paris , devaient peut-être m'y déterminer aussi , car ma pension de cent louis était bien modique pour m'y soutenir honorab'ement.

Enfin, les formalités de mon divorce n'étant pas encore terminées, je ne redoutai pas, sans raison , l'opinion qu'il donnerait de moi dans une petite ville où mon nom , ma figure et ma jeunesse encore , appelleraient sur moi l'attention.

Je redoutais cette impression défavorable, sentant bien que je ne pouvais pas mettre le public dans la confidence des motifs qui m'entraînaient malgré moi au divorce ; et je restai à Paris , où l'on peut toujours compter sur le bonheur d'être facilement oublié.

Le profond chagrin que m'avait

B 2

laissé l'abandon de mon époux , l'é-
loignement de mon amie, mon deuil ,
tout me condamnait à la retraite, et
je ne voyais absolument personne.

Le retour de la belle saison m'engageait seulement à quelques prome-
nades , mais le désordre de ma santé
les rendit bientôt impossibles.

Des défaillances continuelles , des
vomissemens fréquens et d'autres
symptômes moins équivoques encore, auraient dû peut-être me donner
quelques soupçons de mon état; mais
cette pensée était tellement loin de
mon esprit , que j'engageai le docteur Parqueus à m'ordonner une saignée dont je croyais avoir grand
besoin.

La saignée me rendit plus malade;
on redoubla d'efforts , et toujours
dans un sens absolument contraire à
ma situation. M. Parqueus l'attri-

buait aux suites incalculables du poison et du chagrin.

Son attachement véritablement paternel, faisait naître mille occasions qui devaient me distraire ; je maigrissais, j'enflais à la fois, et ce mystère allait peut-être s'éclaircir au moment où je perdis le docteur ; une apoplexie l'enleva en vingt-quatre heures, et je fus vivement sensible à sa perte.

D'après le peu de succès de ses remèdes, je n'en voulais plus faire aucuns ; je redoutais horriblement surtout de donner ma confiance à tout autre médecin.

Il y avait quatre mois que S.t Prix m'avait quittée, et quatre mois que je languissais, abîmée surtout par le mauvais effet des remèdes, plus dangereux que mon mal.

Enfin, un matin où ma bonne Victoire m'avait déterminée à aller passer la journée au bois de Boulogne , je tombe sans connaissance en m'habillant , et malgré tous ses secours , il est impossible de me rappeler à la vie.

La pauvre fille se rappèle qu'il loge un médecin dans la maison voisine ; elle y court , le trouve et le ramène en un instant.

Ce médecin que me donnait le hasard , avait une juste célébrité ; il se nommait Backer , allemand ou suisse d'origine , je ne sais plus lequel , mais j'eus sujet de me féliciter des soins qu'il me donna.

Je repris mes sens , et je ne vis pas sans surprise , près de moi , cette grande figure maigre et décharnée , que je ne connaissais pas du tout.

— De combien madame est-elle enceinte demanda Backer à ma femme de chambre ?

— Enceinte, m'écriai-je !

— Enceinte ! reprit avec la plus grande surprise Victoire.

M. Backer lui fit signe de s'éloigner.

— Aurais-je le malheur d'avoir fait une indiscrétion , ajouta t-il en me parlant plus bas ?

— Non , non , lui dis je, mais vous vous trompez beaucoup sur mon état ; je suis certaine de n'être pas grosse , et j'entrai dans quelques détails , qui toutefois ne le désabusèrent pas.

Victoire me dit tout bas que c'était Backer qu'elle avait amené ; je le connaissais de réputation , et lasse de souffrir , je continuai à le voir.

Il persista tellement dans sa première idée , que je commençai à chercher comment ce qui *était* pouvait être *possible.*

Enfin , si cette dernière nuit passée
dans les bras de mon époux , m'avait
laissé bien plus de douleurs que de
souvenirs , toutes les circonstances
paraissaient prouver qu'au milieu des
agitations et des larmes , la nature ,
si long tems sourde à mes vœux ,
m'avait rendue mère au premier
moment où je devais cesser de le
désirer.

Pourtant je doutais encore.

Backer ordonna une légère saignée , et deux heures après j'éprouvai ,
avec la certitude de ma grossesse , la
plus vive émotion de toute ma vie ,
j'avais senti remuer mon enfant... ,
il vivait... , dans quelques mois il
verrait le jour , il serait nourri de
mon lait , couvert de mes baisers , de
mes caresses.

J'étais mère ! ma vie cessait d'être
inutile , sans espérance et sans but.

Je pleurais de joie et de sensibilité, je n'osais soutenir la moindre chose ; peu de jours avant, je n'aurais été intimidée d'aucun danger, au lieu qu'à présent je crains de me blesser et de perdre cet être si long tems désiré, auquel je n'avais pas l'injustice de reprocher la triste époque de sa naissance.

Hélas ! quelles douloureuses et pénibles réflexions vinrent assallir mon esprit : mon divorce venait d'être prononcé !

D'après l'époque de ma grossesse, fort antérieure au divorce, la loi donnait légitimement un père à mon enfant ; mais ce père allait dans peu de tems devenir l'époux d'une autre femme !

Depuis quatre mois qu'il vivait à Rémur avec madame de Fening, nous ne nous étions pas écrits ; il n'avait aucun soupçon de ma grossesse , et n'avais-je pas à craindre que mon silence lui en donnât d'autres outrageans pour moi.

Personne n'eut osé me conseiller dans une situation si délicate ; je me déterminai seule, avec ce calme qui dépend d'une conscience irréprochable , que l'injustice peut atteindre , mais qui porte avec elle toute sa consolation.

Les communications que j'avais à donner à M. de S.t Prix ne me parurent pas de nature à être confiées au papier , et suivant la tournure d'esprit que je lui connaissais , j'écrivis simplement :

« Madame de Lomedy a quelque
» chose de très essentiel à faire con·
» naître à M. de S.t-Prix ; c'est *au*
» *nom de l'honneur* qu'elle le prie de
» se rendre sur-le-champ à Paris.

J'envoyai cette courte lettre à une personne sûre du pays, chargée de ne la remettre qu'à lui-même, et d'empêcher qu'elle ne fut détournée par madame de Fening, de sa destination ; ma confiance ne fut pas trompée, et la lettre arriva.

CHAPITRE IV.

J'AUGURAI bien de ne pas recevoir la réponse de M. de S.t-Prix.

Je l'attendais, je voulais lui parler, je le devais au nom de mon enfant, dont je craignais de compromettre l'existence , et pourtant j'étais fort allarmée de ces nouvelles relations avec S t-Prix.

Aucun intérêt personnel n'eût été assez puissant pour m'engager à le revoir , je ne doutais pas qu'il n'en résultât pour moi les peines les plus cruelles ; mais cet être innocent auquel j'allais donner la vie , ne devais-je pas dès cet instant lui ménager la tendresse de son père ? était-ce assez que la loi fut pour lui, et n'avais-je rien à demander et attendre de la nature ?

Hélas ! cet événement ne réveillait que trop dans mon ame les sentimens que j'avais eus pour S.t-Prix, je n'en redoutais que plus une entrevue qui ne pouvait rien changer à son ma-riage comme à notre séparation.

J'étais toujours souffrante, mais infiniment moins depuis que je ne cherchais plus à me guérir, et que la satisfaction d'être mère l'emportait sur tout autre sentiment.

Un matin Victoire entra chez moi, et à son air troublé je devinai tout de suite que M. de S.t-Prix était arrivé.

— Il est ici, me dit-elle.

Ah ! que mon cœur battait avec violence ; qu'il était pénible de ne pouvoir..., de ne point oser aimer le père de mon enfant !

Mais c'était surtout à moi qu'il ne fallait plus penser.

Je me contins, et ayant fait dire à

C 3

M. de S.t-Prix d'entrer , je montrai
plus de dignité que de tendresse dans
ce moment essentiel.

— Vous avez dû penser , monsieur,
qu'un sujet de la plus grande importance m'autorisait à vous appeler
près de moi ?

— J'ai présumé , madame , qu'au
milieu des troubles terribles de la
révolution , vous aviez reçu quelques
injures ; vous couriez peut-être quelques dangers... , si je ne me trompe
pas , je vous remercie d'avoir compté
sur mon appui et sur mon bras.

— Je vous crois capable de ces
sentimens , mais je n'ai point d'ennemis.. , point d'ennemis étrangers.. ,
repris-je avec émotion.

— Madame , sont-ce des reproches...

— Non , non , j'ai une nouvelle à
vous apprendre , d'un intérét si sa-

cré..., si cher... : M. de S.t Prix , je suis... je suis enceinte.

— C'est impossible , s'écria S.t-Prix !

— Je le pensais comme vous , repris-je d'un ton tranquille et ferme , mais je suis enceinte, je le suis de la nuit où vous me quittâtes... , et où je dus m'attendre à ne jamais vous revoir.

— Madame , pendant trois ans d'union vous n'êtes pas devenue mère , comment croire... !

— Arrêtez , M. de S.t-Prix , je remplis un devoir en vous instruisant de mon état , mais je ne dois pas (même à votre enfant) de m'abaisser par des prières... , de m'avilir par des sermens. Vous êtes père... , j'ai tout dit.

— Eugénie , reprit S.t-Prix vivement ému , je vous crois... , je vous

crcis ; mais au nom de cet enfant
dont la bizarre nature vous a rendue
si tard dépositaire, n'hésitez point à
me suivre, à partir sur-le-champ
pour Rémur.

— M. de S.t-Prix., oubliez-vous
que madame de Fening y est...?

— Madame de Fening pensera
comme moi, qu'à une époque où les
personnes de notre classe sont per-
sécutées, proscrites.., sans cesse
exposées à l'insulte ou à la mort, je
dois veiller sur vos jours, sur ceux
de cet infortuné auquel j'ai donné la
vie, et que je dois défendre et conserver au prix de mon sang.

Ce dévouement me toucha ; devais-je payer d'un refus cette confiance qui m'avait si peu coûté à
établir, et ne l'aurais-je pas détruite
moi même en méconnaissant déjà
les droits d'un père...

En ce moment je sentis les doux mouvemens de mon enfant... ; quelque naturel que cela fut , il me sembla qu'il me disait dans son langage : ne m'éloignez pas dès ma naissance de l'auteur de mes jours ; s'il veut conserver , protéger ma vie , c'est sans doute pour m'aimer...

Encore trompée par ma sensibilité , je me sentis irrévocablement décidée :

— J'obéis , lui dis je , au père de mon enfant...; quand partons-nous ?

— A l'instant , me dit-il. Victoire réunit quelques effets ; en un quart-d'heure ma malle fut faite ; je ne vis personne qui put me blâmer ou m'applaudir, et trois jours après j'étais à Rémur.

CHAPITRE V.

Si j'écrivais un roman, je craindrais peut-être qu'on ne me reprochât de conduire trois fois les mêmes individus sur la même route, sans donner carrière à mon imagination par des récits plus variés ou plus brillans.

Mais je ne me crois pas libre de m'éloigner de la vérité, ni sûre que la fiction eut plus d'intérêt qu'elle.

D'ailleurs, si j'allais pour la troisième fois à Rémur, c'était dans des circonstances si différentes, qu'en m'y suivant encore, on ne peut se retrouver dans la même situation.

A dix-neuf ans, sans réflexion, sans prévoyance, conduite par un sentiment naissant et le découragement que me donnait mon sort, j'avais suivi S.t-Prix , sans m'être rendu compte de ce que je faisais , ni de ce que je voulais moi même.

A mon retour de Marseille , je m'étais réunie avec passion à un mari adoré , dont une extravagance sans exemple m'avait séparée un moment.

Je m'étais retrouvée à Rémur avec cette confiance que donnent nécessairement de véritables droits , une existence assurée et légitime.

Je pouvais y être vue sans plaisir , mais personne n'avait le droit de m'en refuser l'entrée.

Cette dernière fois , à quel titre revoyais je les mêmes lieux ?

S.t Prix n'était plus mon époux , Rémur n'était plus à moi , ma place n'y était marquée que par un nouveau malheur , capable de m'intimi-

...er si j'avais senti moins vivement le bonheur de la maternité.

Tout devait blesser dans ce séjour ma sensibilité ou mon orgueil, mais loin d'être humiliée de ma situation, j'y portais le sentiment d'un devoir honorable.

Je me dévouais déjà à mon enfant et me sentais sûre de ne pas souiller ce sacrifice d'aucune des faibles es attachées à la passion ou á l'amour.

Le ton de la réserve et de l'honnêteté régnait entre S.t Prix et moi ; je l'occupais avec discrétion de mon état, j'exigeais peu de soins, j'éloignais également tous les genres de souvenirs..., et cette conduite si modérée aurait eu peut être quelques mérites à ses yeux s'il l'avait observée avec intérêt ; mais S.t-Prix était occupé, vivement occupé...., et je ne soupçonnais pas encore que ce n'était ni de moi , ni de madame de Fening , que dépendait alors tout son bonheur.

Une lettre la prévint de mon retour à Rémur , et des circonstances qui m'y ramenaient.

Cette lettre était de nature , sans doute, à prévenir toutes ses craintes, car si madame de Fening m'y reçut sans plaisir , c'était en apparence avec générosité et sans éloignement.

La mauvaise santé de madame de Fening exigeait qu'elle eut un appartement séparé.

J'avais le mien au bout du même corridor , et entre nous deux S.t-Prix me paraissait garçon.

Rémur était pourtant le seul lieu où il me fut impossible d'oublier mon amour et mon bonheur passé ; la jalousie m'y fit éprouver tous ses tourmens , j'aurais rougi de la laisser paraître , car je pensais qu'elle eût augmenté la vanité de ma rivale.

Nous vivions poliment ensemble , mais nous nous haïssions plus que jamais.

S.t-Prix , qui, au nom de sa paternité, m'avait rappelée avec une sorte d'enthousiasme , ne pensait plus ni à moi , ni à son enfant ; ma grossesse avançait , et l'insouciance de S.t-Prix, qui ne paraissait ni en souhaiter ni en craindre le terme , me faisait sentir chaque jour que mon but était manqué et mon séjour inutile.

J'aurais dû peut-être parler plutôt de mademoiselle Pauline de Fening , déjà majeure , mais devenue une très belle fille depuis qu'elle avait habité Paris , où elle avait eu des maîtres , perdu un maintien gauche et trop timide , pris de l'embonpoint, une fraîcheur charmante et des graces qui pouvaient la faire distinguer parmi les plus jolies personnes.

Elle était seule à Rémur , où elle devait regretter , selon moi , les hommages qu'elle avait reçus partout ailleurs.

On ne s'occupait pas de la marier , et j'admirais qu'elle eut assez de tendresse pour sa mère , pour se trouver heureuse d'une existence aussi triste.

A la vérité , M. de S.t Prix ne la traitait plus comme un enfant , il la regardait avec des yeux qui me semblaient trop expressifs.

Pauline baissait les siens , rougissait , mais je la trouvais sans cesse près de lui avec l'air de la sensibilité et du bonheur.

Je n'avais donc que des idées vagues , et auxquelles je n'osais m'arrêter , quand le hasard me fit

surprendre leurs secrets, que je n'a-
vais au surplus ni dessein ni intérêt
d'approfondir.

Il avait fait tout le jour une chaleur
affreuse ; grosse de sept mois déjà,
la saison m'affaiblissait et m'incom-
modait beaucoup ; j'avais porté un
livre dans un bosquet touffu que j'aimais particulièrement, j'y trouvai un
lit de gazon, favorable au sommeil,
et tout en lisant je m'étais profondé-
ment endormie.

Un bruit léger me réveilla, on par-
lait près de moi, dans une petite
serre où le jardinier plaçait ses ins-
trumens et des graines, la porte et
la petite fenêtre en étaient ouvertes,
et le bosquet en était si voisin, que
même sans prêter attention, je ne
pouvais m'empêcher d'entendre.

Je ne puis disconvenir que la curiosité

riosité ne me retint bientôt et m'empêcha de faire aucun bruit.

—Ma chère Pauline, disait S.t-Prix,
je ne blâme point vos innocentes délicatesses, mais le pouvoir des mots,
l'empire des préjugés, vous abusent,
et je ne veux que vous éclairer.

— Mon bon ami, vous savez combien je vous aime, et je n'ai que trop
vu depuis mon enfance combien les
passions sont irrésistibles ; mais être
la rivale de ma mère, de ma bonne
mère, si long-tems malheureuse....,
et qu'enfin vous allez épouser dans
quelques mois..., cela me fait une
peine.., une horreur... à penser...

— Mais c'est que rien n'est moins
juste à imaginer, et mon amour pour
vous n'a rien de commun avec mon
tendre attachement pour votre mère;
la nature elle même règle le cours de
nos sentimens, son âge, sa santé,

Tome IV.   D

tout nous sépare sous de certains rapports.

En épousant madame de Fening , je m'associe à jamais à son sort, je lui donne la dernière preuve d'estime qu'elle pouvait attendre de moi ; elle est trop raisonnable elle même pour voir tout autre but dans notre union.

— Ah ! mon bon ami , si elle savait pourtant que vous avez de l'amour pour moi.

— Elle en serait effrayée , ma chère Pauline , elle remplirait ses devoirs de mère, en vous détournant d'y répondre ; l'amour l'a rendue malheureuse , elle doit le redouter pour l'être qui lui est le plus cher ; mais c'est votre tendresse , votre confiance en moi qui doivent repousser ses craintes.

—Ah ! mon cher S.t-Prix ! que de larmes vous avez fait répandre ; et cette pauvre petite femme , madame de Lomedy , jeune, belle et bien ca-pable de vous fixer...

— Ma chère amie , il y a sur tout cela des choses que je ne veux pas dire. . . ; je n'étais pas la première, l'unique passion de madame de Lo-medy , et quand le délire de l'amour est passé.. , on revient à des idées.. , à des souvenirs... qui pourraient me justifier , et que la prudence me fait taire.

Il est facile de deviner ce que je souffrais pendant cet entretien , qui cessa bientôt d'être sérieux pour de-venir passionné ; la résistance de Pauline me parut si faible , que je présumai qu'un second rendez-vous applanirait tous ses scrupules ; mais indignée de cette nouvelle séduction , de la manière dont S.t-Prix venait de parler de moi, troublée même des nouveaux ma'heurs qui menaçaient inévitablement la pauvre madame de Fening, je ne sentis plus que le désir de perdre de vue les peines et les désordres dont je me voyais entourée.

Je devais bien penser que ce n'était pas au commencement d'une passion vive et naissante , que S.t-Prix reprendrait plus d'affection pour moi , plus d'intérêt pour son enfant.

En perdant cette espérance qui m'avait ramenée à Rémur , je me décidai à le quitter le plus promptement possible.

J'étais sortie brusquement du bosquet et je crois que les deux amans, me voyant tout-à-coup paraître , n'étaient pas sans inquiétude d'avoir été entendus ; je sus me contraindre pourtant ; les explications ne pouvaient produire que des orages nouveaux , et sans utilité pour moi.

S.t-Prix venait d'éteindre la trop
grande sensibilité qui m'était restée
pour lui ; je vis qu'il avait su se
justifier encore à lui-même l'ingra-
titude avec laquelle il m'avait aban-
donnée , et qu'il se justifiait en
m'accusant.

Ce n'était donc plus que dans la
paix , dans les tendres jouissances
que me promettait l'existence de mon
enfant que je devais chercher le bonheur.

Le terme de mes couches appro-
chait , je crus donc devoir attendre
mon rétablissement pour quitter une
maison où je ne pouvais trouver le
bonheur.

J'accouchai fort heureusement à
l'époque que j'avais calculée, ce qui
ne permettait aucun doute sur celle
de ma grossesse.

La joie d'être mère , et de nourrir

moi-même mon fils , ne laissait plus
de place aux impressions douloureuses et pénibles ; je ne pouvais
haïr celui auquel je devais un tel
bonheur , tout sentiment amer s'ef-
façait à la vue de mon enfant ; enfin
mon sort n'était pas heureux , mais
je ne sentais plus le malheur.

CHAPITRE VI.

Dès que je me sentis en état de supporter les mouvemens de la voiture, je déclarai que je voulais partir; on feignit de me retenir, mais il était impossible que personne le souhaitât; d'ailleurs le deuil de madame de Fening était à sa fin, son mariage qui devait être fait secrètement et sans éclat n'était pourtant pas une cérémonie à laquelle je pusse décemment me trouver. On me fit dire et répéter que c'était moi qui voulais partir, et quand on se crut dégagé, par ma volonté bien positive, des inquiétudes que pouvait donner mon retour à Paris, on me laissa partir; ce que je fis cette fois en jurant du fond du cœur que les murs de Rémur ne me reverraient jamais. Une chaise de poste m'attendait à la porte du jardin ; chargée de mon petit Fédor (car c'est le nom que j'avais donné à mon fils) j'y fus conduite par S.t-Prix, qui soutint jusques là mes pas chancelans.

Arrivée à Paris, mes seules relations avec S.t-Prix étaient relatives à ma pension ; ce rapport cessa bientôt.

J'eus l'imprudence d'accepter un remboursement en assignats, et sans prévoir ce qui devait arriver peu de tems après, me trouvant une assez forte somme entre les mains je me crus à jamais à l'abri du besoin ; je repris peu à peu le goût du plaisir , de la toilette , et n'ayant pu , malgré toute ma volonté, rester une épouse fidelle et sédentaire , je redemandai au monde ses distractions aimables qu'on prend souvent pour le bonheur.

J'avais avec moi mon cher Fédor, je
le

le nourrissais avec une véritable vo-
lupté ; chaque jour une caresse , un
sourire nouveau de mon enfant ,
payaient mes soins; je sentais le prix
du repos et de la liberté après des
années d'agitation et de dépendance ,
et je défiais l'amour de me ramener
dans ses filets.

J'eus le bon esprit toutefois de
consacrer à la reconnaissance quelques jours de ce tems dont je pouvais
disposer ; je retournai à Lyon au
moment où madame de Choisy m'y
attendait le moins ; j'avais respecté
sa tranquillité en ne l'instruisant pas
des tristes événemens de ma vie.

Une seule lettre d'égards et de
respect l'avait informée de mon mariage ; ce fut de vive voix que je lui
en fis connaître les malheureux résultats. Ma vieille et digne parente
était dans l'âge où l'on ne comprend

Tome IV.   E

plus du tout les passions , mais elle
avait conservé la plus aimable tolé-
rance.

Elle souriait ou s'attendrissait à
des récits qu'elle trouvait fabuleux ,
et elle me disait , par un retour sur
elle même , qu'il était impossible de
regretter la jeunesse quand on voyait
le mauvais usage qu'elle faisait de
la beauté comme de tous ses moyens
de bonheur.

Elle combla de caresses et de présens mon petit Fédor , mais je crus
voir que mon séjour à Lyon , et le
bon accueil de madame de Choisy ,
allarmait les parens dont elle s'était
entourée dans sa vieillesse.

J'abrégeai donc cet agréable voyage,
où ma grande élégance et ma jolie figure m'avaient attiré de brillans succès.

Les plus belles années de ma jeunesse s'étaient écoulées dans les lar-

mes , et jé redoutais de si bonne foi
l'amour qui les avait empoisonnées ,
que je repoussais avec avantage toutes
les illusions qu'il venait encore m'offrir.

J'avais toutefois des adorateurs|,
dont les soins flattaient ma vanité ;
le public jugeant assez mal de la
vertu d'une jeune femme divorcée ,
soupçonnait ma sagesse et les croyait
heureux ; mais le public se trompait ,
et mon cœur tout entier était à mon
petit Fédor.

Deux années s'écoulèrent sans
événemens et avec beaucoup trop
d'insouciance de l'avenir ; ma petite
fortune en assignats perdait depuis
long-tems toute sa valeur. J'avais fait
beaucoup de dépenses; et depuis six
mois je faisais beaucoup de dettes.

Tant que j'avais eu les dehors de
la fortune , ou tout au moins de l'ai-

sance, je n'avais trouvé que des gens
empressés à me fournir.

Je ne pouvais obtenir les mémoires
des marchands quand j'avais eu le
pouvoir et la volonté de les acquitter;
depuis que mes fonds étaient épuisés,
les créanciers attendaient mon réveil, me pressaient avec importunité,
et trop loyale pour me contenter de
fuir ceux dont je reconnaissais les
justes droits, je passais ma vie à répondre à des plaintes, à donner des
espérances, dont je voyais avec la
plus grande inquiétude le peu de so-
lidité.

J'avais apporté la plus grande réforme dans ma maison, ma fidelle
Victoire se contentait du gage le plus
modique, et ne voulait pas me quitter;
mais toutes mes privations n'empêchaient pas que mon existence fut
imposs.ble, et que mon propriétaire,

qui était vieux et avare , ne me tint
les propos les plus alarmans.

Je voyais assez souvent encore l'ancien homme d'affaire de M. de S.t-
Prix ; M. Varoi était un aimable
garçon , estimant peut-êire un peu
trop l'argent , et me voy nt fort
malheureuse s'il n'arrivait pas de
changemens à mon sort.

Mais d'où les attendre ces changemens ?

Ce n'était certainement pas de M.
de S.t-Prix , à qui je ne me fusse pas
adressée pour rien au monde , et qui
ne songeait ni à moi ni à son enfant.

Ce n'était pas à madame de Luzi ,
à qui des revers affreux avaient ôté
le plaisir et le pouvoir d'exercer la
noblesse de ses sentimens.

M. Varoi craignait de s'expliquer,
de blesser justement ma délicatesse,
mais il disait entre ses dents : — Vous

E 3

avez vingt-huit ans , madame de Lom:dy, mais vous n'en paraissez pas vingt-cinq, et quand une jolie femme le veut , Paris est le lieu du monde où la fortune est le plus aisément à son pouvoir.

— Jamais, jamais, lui répondis-je, c'est beaucoup trop que l'amour ait causé les fautes et les tourmens de ma jeunesse, on ne m'accusera pas au moins d'avoir donné ce funeste empire à l'intérêt ; en retournant sur mes pas , je puis pleurer mais non pas avoir à rougir....

— Cela est fort beau , disait M. Varoi , qui n'était pas l'homme du monde le plus moral , mais vous ne savez pas combien la misère est difficile à supporter , combien aussi on regrette les occasions dans un âge où elles ne se présentent plus.

Quels que fussent mes embarras,

je défendis si sévèrement à M. Varoi de me parler sur ce ton, que ne l'ayant fait que par un véritable intérêt pour moi, il m'en fit espérer une autre preuve beaucoup plus honnête, mais pour laquelle je me sentais aussi le plus grand éloignement.

— Je connais, dit-il, un ancien chevalier de S.t-Louis, auquel plusieurs successions ont laissé une assez belle fortune; c'est un homme de cinquante ans, qui n'a peut-être pas encore songé à se marier, mais on peut lui mettre facilement cette idée dans la tête, et je suis sûr qu'il se déciderait en vous voyant.

— Quelle folie, mon cher Varoi, et mon heureuse indépendance que deviendrait-elle ?

— Une femme, me disait-il, est toujours indépendante avec un homme qui l'aime et qu'elle n'aime

E 4

pas , la seule chose qu'elle ait à faire
est de ne pas prendre d'amour ; et
mon vieux chevalier qui paraît plus
que son âge , n'est pas un homme
à faire des passions.

— Voilà un singulier projet , mais
vo.re chevalier aimera t-il mon Fédor ?

— Il sera trop heureux d'avoir cette
intéressante distraction, et ce moyen
de vous plaire. M. Dancourt (c'est le
nom de votre prétendu , me dit il ,)
n'est pas d'une fort ancienne famille ,
mais il est fou de la noblesse ; il y a
plus de prétentions que de droits ,
mais par suite d'une ame vraiment
belle et généreuse , il y tient doublement depuis qu'elle est persécutée.

— Voyons-le donc ? dis-je à M.
Varoi , pourvu que cette entrevue ne
m'engage à rien.

— Je lui ai déjà parlé de vous , ma
belle dame , il brûle de vous voir ;

et si vous vouliez accepter à dîner chez moi jeudi prochain........

— Soit, pour jeudi, lui dis-je en riant, car je suis vraiment dans une anxiété insupportable, et je ne sais ce que je deviendrai si je ne deviens pas madame Dancourt.

CHAPITRE VII.

Je n'ajoutai- pas grande confiance aux projets de M. Varoi , mais ils amusaient mon imagination.

Je sentais que je ne pouvais donner un peu d'éducation et de bonheur à mon fils qu'avec les ressources de la fortune ; celles que l'on me faisait entrevoir étaient légitimes, et je goûtais assez l'idée d'un mariage de rai on , où je n'apporterais ni amour , ni ses brillantes illusions dont l'expérience m'avait toujours désabusée.

J'avais conservé le goût et l'habitude de la toilette , la mienne n'annonçait pas toute la rigueur de ma situation , et j'étais mise avec assez d'élégance et de recherche le jour du dîner auquel m'attendait M. Varoi.

J'arrivai tard , et je trouvai déjà
dix à douze personnes de réunies au
salon ; après les politesses d'usage ,
je cherchai à deviner quel était ,
parmi tous ces personnages qui m'é-
taient inconnus , ce M. Dancourt,
qui était , sans le paraître , le héros
de la fête.

J'avoue que je ne le devinais pas ,
et que je ne le connus que quand
M. Varoi le nomma en nous plaçant
à table.

Je ne sais pourquoi je m'étais fait
l'idée générale qu'un homme riche ,
de cinquante ans , et bon homme
comme on m'avait dépeint celui ci ,
devait être gros , jou flu , haut en
couleurs ; peut-être un peu commun,
mais avec une de ces physionomies
ouvertes, auxquelles on s'habitue tout
de suite. tel était le portrait imaginaire
que je m'étais fait de M. Dancourt,

que je croyais au moins vétu comme un fermier général, et qui, sur tous les points, trompa mon attente.

J'étais placée, sans affectation, vis à-vis de M. Dancourt, j'eus tout le tems de l'examiner.

C'étair un grand homme de la plus haute taille, si étroit, si mince, depuis la tete jusqu'aux pieds, que je n'ai jamais rien vu de semb'able à ui.

On devinait qu'il avait été blond, à quelques cheveux très rares éparpillés sur son front ; en revanche, deux gros sourcils épais, moit é n irs, moitie rouges, se réunissaient sur deux petits yeux bleu-clair, qui ne pouvaient pas être plus insign fians ; tous ses traits étaient fins, sa tête d'une petitesse et d'une disproportion étonnantes avec son corps; enfin il paraissait au moins soixante ans; et son costume, plus vieux que lui,

n'annonçait en aucune façon la mode
ou l'opulence.

Comment la deviner sous ce modeste habit de silésie , d'un vert clair ;
cette veste de simple basin blanc,
mais jauni par un long usage ; enfin
ces petites guêtres noires , qui n'a-
vaient à préserver que des bas de fil
du genre le plus commun.

Enfin ce jabot , ces manchettes de
grosse mousseline ourlée , voilà tout
ce que j'eus l'enfantillage de remarquer avec un dégoût , une prévention
insurmontables. J'avais beau me dire
que cela n'empêchait pas que M.
Dancourt ne pût être le plus galant
homme et le meilleur mari du monde;
je me faisais une idée affreuse d'aller
dans le monde , à la promenade , de
voir jour et nuit un homme d'un
extérieur aussi déplaisant, et qui ,

par sa tournure et son costume, avait l'air bien plus malheureux que moi.

Il parla peu , ne parut pas faire , de son côté , beaucoup d'attention aux dames ; mais je n'avais pas , en le regardant , la force de regretter les projets de M. Varoi , qui me paraissaient décidément manqués.

On avait établi , dans la soirée , plusieurs tables de jeux ; M. Dancourt faisait un wisk avec de vieilles dames, auxquelles il disait de vieilles galanteries plus usées que son habit, et ce n'était pas peu dire.

Je n'étais pas nécessaire , et me souciant fort peu des cartes , je me mis à causer gaîment avec quelques personnes plus modernes que M. Dancourt.

Cette conduite un peu légère , et le jeu d'attention que je fis à lui , ne durent pas le disposer très-favo-

rablement à mon égard , et j'appris
en effet dès le lendemain , qu'il s'é-
tait fait , de son côté , une toute
autre idée de moi.

— Trop jolie , cent fois trop jolie;
trop élégante , trop jeune , avait-il dit
à M. Varoi ; mon cher ami , je sais
ce qui m'arriverait infailliblement si
je m'avisais de prendre une femme
aussi charmante , qui se moquerait
de moi toute la journée ; d'après ce
que vous m'aviez dit de madame de
Lomédy (qui n'en est peut-être pas
moins estimable au fond) je m'attendais à lui trouver une mise modeste
et sévère , une figure abattue et même
flétrie par l'habitude des chagrins et
des larmes.

Je souriais à l'idée de ramener la
joie dans son ame , la fraîcheur sur
ses joues , la gaîté dans son esprit ;
mais tout cela est fort inutile , elle

n'a point l'air si malheureuse que
vous le dites , et n'inspire point du
tout l'idée de la consoler.

— Tout cela veut dire , mon cher
Varoi , que je ne conviens pas à votre
original , et je ne saurais vous cacher
que j'en suis ravie.

— Ma belle dame , vous perdez
bien vite de vue votre position , et
je viens véritablement pour vous
gronder.

— Cela serait fort inutile , mon
cher Varoi ; je saurais me sacrifier...,
oublier combien votre M. Dancourt
est affreux , mais ce n'est pas moi
qui le refuse , c'est moi qui ne lui
plait pas.

— Il vous croit coquette.

— Cela vaut mieux que d'être sensible.

— Cela peut être , mais vous pou-
viez

viez le lui cacher, et si vous voulez vous remarier....

— Mon cher Varoi, je le veux si peu quand je regarde votre ami !

— Vous avez tort, mais je vois que le malheur ne vous a pas encore assez mûrie; n'en parlons plus , car je ne vous cache pas que M. Dancourt m'en a paru éloigné , il avait pourtant une demande à vous faire.

— Que me veut-il , mon cher ; pourvu que ce ne soit pas d'aller en grandes loges à l'opéra avec lui.

— Vous êtes une petite folle, mais il ne s'agit que de venir dîner dimanche à la campagne, chez lui.

Il a une très-jolie petite maison , à deux lieues de Paris , un voisinage aimable , et qui le voit avec amitié parce qu'il est le plus obligeant et le meilleur homme du monde.

—Oh ! s'il ne s'agit que de cela ,

Tome IV.   F

j'y consens de tout mon cœur ; je verrai la maison , le voisinage et le maître avec plaisir , si c'est sans conséquence et sans projets ; car la pen ée d'un tel mari me jetterait dans la p'us sombre mé'ancolie ; en vérité il ferait peur à mon petit Fédor.

— J'espère que non , reprit M. Varoi , car votre enfant est particulièrement invité , il tr uvera des petits camarades de son âge , et à la campagne on ne craint ni le bruit , ni l'exigence d'un enfant.

— Sérieusement, Fédor est invité ! cette permission m'enchante , car je ne puis souffrir de m'en séparer un instant.

— M. Dancourt le sait , et votre tendresse maternelle est une des qu lités qu'il estimait le plus en vous. Quel dommage que vous paraissiez si légère !

— Quel dommage qu'il soit si laid !

M. Varoi promit de venir me prendre le dimanche, à onze heures, car on dînait à deux heures chez M. Dancourt.

Parfaitement libre et indépendant, il vivait en bon bourgeois, dînait à l'heure où avait dîné son père vingt ans plutôt ; se mettait mal parce qu'il se persuadait que les anciennes modes étaient plus commodes que les nouvelles, parce qu'il savait qu'il était laid et ne se flattait pas que son habit le cachât, il les portait enfin par habitude, jusqu'à la vetusté ; ce qui n'empêchait pas qu'il n'en eut beaucoup d'autres, qu'il fut très-loin de la lésinerie et de mériter tous les mauvais jugemens que j'avais portés d'après son extérieur.

CHAPITRE VIII.

J'AVAIS éprouvé des peines de cœur d'une si grande amertume , que je leur ai dû toute ma vie une très-grande philosophie pour supporter toutes les autres.

Dans les situations les plus fâcheuses où je me sois jamais trouvée, du côté de la fortune , ma gaîté l'a toujours emporté sur l'inquiétude , et il est de la plus exacte vérité que l n'ai jamais donné le nom de malheur qu'aux douleurs mortelles que m'a causées l'amour.

Quoique je fusse dans la plus triste situation que mon propriétaire parlât fréquemment de vendre mes meubles , et que je fusse très embarrassée de mon existence , je portai chez M.

Dancourt mon inépuisable gaîté et cette disposition à m'amuser qui repousse victorieusement l'ennui.

M. Dancourt , vêtu un peu plus ridiculement qu'à la ville , ayant garanti sa tête des ardeurs du soleil par une jolie petite casquette de maroquin vert , vint au-devant de nous avec beaucoup d'honnêteté et d'empressement.

Mesdames ses voisines étaient des élégantes de S t-Denis , dont nous étions tout près ; elles avaient de petites prétentions que M. Dancourt faisait valoir en toute occasion ; je sus en moins d'une heure que l'une avait une jolie voix , l'autre un pied charmant , celle-ci une petite fille belle comme le jour ; et il était singulier qu'aussi près de Paris , je trouvasse si parfaitement le ton de la province ; mais le bon M. Dan-

court l'avait lui-même , et n'avait
pas grand tort de choisir ses amis et
sa société selon son goût.

Pour moi j'en aurais eu un très-
grand de ne pas me mettre à l'unisson
de toute cette bonhomie , et touchée
de bonne foi des caresses que l'on
faisait à mon fils , si je cherchai à
me distinguer ce fut par ma parfaite
simplicité et l'air de contentement
que j'exprimais.

M. Dancourt , d'après son pen-
chant décidé pour les nobles , voulait
bien se trouver très-honoré de ma
visite.

Malgré la révolution qui suppri-
mait impitoyablement les titres , il
me nommait madame la comtesse à
tout moment , me donnait la place
d'honneur, que je n'acceptai point,
pour l'offrir à une dame âgée, qui
disputa long-tems et me sut gré de

mes égards. Enfin mille bagatelles d'aussi peu d'importance firent dire autour de moi que je paraissais aussi bonne que belle ; on le répéta aux oreilles de M. Dancourt , qui s'en trouva flatté et me tira à l'écart dans le jardin vers la fin de la soirée.

— Madame la comtesse , me dit-il , je vous prie de croire que je n'oublie point le respect que je dois à votre illustre famille , mais j'ai servi mon pays et mon roi , j'ai reçu sur le champ de bataille une honorable décoration qu'il m'est bien sensible de ne pouvoir porter publiquement aujourd'hui : la voici , me dit il , (en me montrant une croix de S.t Louis qu'il cachit sur son sein) , si le simple titre de chevalier me rapproche un peu de vous , oserais-je vous parler avec franchise... , avec la confiance d'un ami?

Ce préambule était un peu long ; et je ne savais où il en voulait venir ; je l'encourageai pourtant à parler et à me croire la plus véritable estime pour lui.

Le pauvre Dancourt était embarrassé, il craignait tant de blesser ma vanité ou ma délicatesse, qu'il fut long-tems à expliquer ce que M. Varoi lui avait dit de ma mauvaise fortune.

Il avait l'air si ému, si touché, que je commençais à redouter que l'offre de sa main ne suivît ces témoignages de sensibilité.

Quelle fut donc ma surprise, de voir qu'il me demandait seulement et comme une grâce, d'accepter cinq cents louis qu'il pouvait aisément me prêter, et qui pouvaient me sauver, à ce qu'on lui avait dit, de tous mes petits embarras. Un si grand respect accompagnait

accompagnait cette offre généreuse, qu'il était impossible de croire à cet homme estimable d'autre vue que d'obliger.

Que de bonté , que de vertu je trouvais sous cette petite casquette, sous ce costume commun et r.dicu'e !

Si dans la plus grande gêne possible je ne savais pas trop bien apprécier l'argent, j'étais pénétrée d'un procédé si noble , dans un homme que je connaissais si peu et auquel même je ne plaisais pas.

Je le témoignai avec la plus sincère reconnaissance ; mais j'assurai M. Dancourt que je n'accepterais pas une somme aussi forte , et que je ne prévoyais pas être à même de jamais acquitter.

— Vous me ferez votre billet, me dit par délicatesse cet excellent homme, qui souffrait de mes remercîmens.

— Mon billet ne vaut rien , lui dis-je ; je n'ai point d'espérance pour l'avenir.

— O ciel ! reprit - il , si jeune , un si beau nom , et point d'espérance ! Le ciel serait-il juste de laisser entre les mains d'un vieux garçon , une fortune plus que suffisante, pendant qu'il peut avoir le bonheur et la gloire de vous obliger.

Ma résistance était sincère , je ne pouvais me résoudre à contracter une si grande obligation.

M. Dancourt appela M. Varoi, qui, charmé des généreuses intentions de son ami , ne concevait pas trop mes scrupules.

Ce n'était pas avec de semblables délicatesses qu'il s'était fait de bonne heure une assez jolie petite fortune ; il me pressa de ne point affliger M. Dancourt , et de croire que la des-

tinée pouvait me réserver des événemens plus avantageux que je ne
l'espérais.

Enfin , M. Dancourt fit un petit
cornet de bonbons , avec douze billets
de mille francs ; il le remit avec précaution à mon petit Fédor , qui
n'avait que deux ans et qui aimait
mieux les bonbons que les billets ;
on l'amena à mes genoux , et dans
cette attitude suppliante , à laquelle
le pauvre petit ne comprenait rien ,
on me força d'accepter cet important
service. On ne peut douter de la reconnaissance qu'il m'inspira.

CHAPITRE IX.

Monsieur Varoi me donna les meilleurs conseils possibles pour l'emploi de mes douze mille francs ; il fit difficulté de recevoir un présent que je le forçai d'accepter, et dont nous n'avions sujet de rougir ni l'un ni l'autre, puisque les intentions de M. Dancourt étaient parfaitement pures, et qu'il disait franchement à son ami qu'une femme comme moi ne lui conviendrait pas du tout. Je payai mes dettes ; mais tout en voulant modérer mes dépenses, l'habitude m'entraînait ; la somme que j'avais entre les mains me paraissait inépuisable, mais je ne voulais pas entendre parler de placement, qui eut produit un très-petit revenu en me dépouillant de mes capitaux.

Ce n'était pas l'avis de M. Varoi; mais je n'étais pas docile, et je concluais vaguement que ma bonne étoile pourrait un jour me procurer un bonheur inattendu.

Plusieurs mois s'écoulèrent sans me faire pressentir que l'intérêt que M. Dancourt me portait eut changé de nature : la plus juste reconnaissance m'avaitconduite à beaucoup de confiance et d'amitié pour lui.

M. Varoi venait me chercher tous les dimanches , où nous allions régulièrement dîner chez son ami ; il venait aussi quelquefois chez moi, mais rarement. Ma société le gênait, et j'avais peine à contenir les mauvaises plaisanteries auxquelles son extérieur donnait lieu, et que je ne devais pas souffrir.

Le retour de la belle saison appro-
chait; M. Dancourt m'offrit de passer
l'été à sa campagne, chez lui, m'assurant que cela serait très-favorable
à la santé de mon fils, qui, malgré
mes soins , était faible et délicat.
N'étant plus de la première jeunesse,
je crus pouvoir, sans conséquence,
me rendre à cette invitation , qui
m'était fort agréable : j'avais donné
une grande partie des douze mille
francs à mes créanciers, j'avais été
prodigue du reste, et je commençais
à sentir, d'une manière un peu plus
pressante , le besoin de l'économie
à laquelle je ne pensais guère que
quand je n'avais plus rien.

Mon séjour chez M. Dancourt
remplissait ce but : je n'y dépensais
rien , il vivait dans l'abondance et
prévenait mes moindres désirs, non
pas du ton de la galanterie , mais

de la franchise et de la plus véritable affection.

Je m'accoutumais à sa figure , je m'attachais à lui comme à un père, n'imaginant même pas qu'il put jamais avoir d'autres prétentions.

Cependant son caractère changeait , ses empressemens devenaient plus tendres ; et , malgré son âge , je reconnus avec inquiétude les symptômes ordinaires de l'amour ; la seule délicatesse l'empéchait de l'exprimer , il redoutait que j'attribuasse sa confiance au service qu'il m'avait rendu , et dont il voulait toujours écarter le souvenir.

M. Varoi fut encore l'interprète de ses sentimens , il me dit que M. Dancourt , en général fort peu susceptible de passion , aimait pour la première fois de sa vie ; qu'il lui croyait un grand éloignement pour

G 4

le mariage , mais qu'il ne lui paraissait pas impossible de l'y amener ,
si je voulais un peu encourager son
amour , et cacher le grand éloignement que m'inspirait sa personne.

J'assurai M. Varoi que ce projet
ne se réaliserait jamais , que mon
dégoût était insurmontable et nous
rendrait ensemble également malheureux.

Il m'en blâmait beaucoup et me
remettait sans cesse devant les yeux
l'infortune dont j'étais menacée ;
mes fonds se dissipaient de jour en
jour , et la vue du besoin m'affligeait
doublement , depuis que mon mariage avec M. Dancourt me paraissait
le seul moyen de m'y soustraire.

Quelle cruelle idée je me formais
d'une plus grande intimité avec lui !
quelle différence de tout ce que j'a-
vais connu, aimé, jusques-là? j'avais

beau **me raisonner**, cette violence à
mon inclination était au-dessus de
mon courage.

Je traitais M. Dancourt avec amitié, je lui étais sincèrement attachée;
mais quand sa main seulement tou-
chait la mienne, je frissonnais de
tout mon corps, et il s'en appercevait
avec une excessive douleur.

Madame de Luzi, avec laquelle
j'étais en correspondance, et que je
voyais dans les courts voyages qu'elle
faisait à Paris, eut en quelque sorte
plus d'influence que le malheur même
pour changer mes dispositions.

Elle m'observa que mon séjour
continuel chez M. Dancourt faisait
le plus grand tort à ma réputation;
qu'on supposait entre nous des liaisons qui n'y existaient pas, ce qui
ne s'expliquait qu'en observant qu'il
était riche et que je n'avais rien. C'é-

tait le soupçon que je méritais le
moins et dont j'étais le plus sensible-
ment blessée ; je me décidai à quitter
la maison de M. Dancourt , qui en
éprouva le plus vif chagrin.

Mes ressources étaient épuisées ,
et l'avenir qui m'attendait se présenta à moi sous les couleurs les plus
sombres. Les services désintéressés
comme celui que m'avait rendu M.
Dancourt , ne se retrouvaient pas tous
les jours ; enfin je fus amenée , de
malheur en malheur, et malgré toutes
mes répugnances , à avouer à M.
Varoi qu'il avait eu raison , et que
s'il pouvait déterminer M. Dancourt
à m'épouser, je lui en aurais une fort
grande obligation.

CHAPITRE X.

Mon mariage avec M. Dancourt était positivement l'avis de madame de Luzi. Elle concevait que son physique put m'être infiniment désagréable , mais elle m'observait que j'avais 28 ans , que je n'avais déjà plus de miracles à attendre de l'amour et du pouvoir de la beauté ; que je ne pouvais guère espérer un mari qui réunit tous les avantages , et qu'il fallait m'assurer une existence honnéte et tranquille pour moi et mon enfant.

Elle repartait pour Rouen , je convins de lui écrire et de lui apprendre le succès des démarches qu'allait faire à ce sujet M. Varoi.

Il entama cette négociation en disant à son ami que mon séjour

chez lui avait donné lieu aux inter-
prétations les plus malignes , que
j'en avais été instruite depuis peu ,
et que j'en éprouvais le plus vif chagrin.

M. Dancourt se récria sur l'injustice et la méchanceté du monde , et
le peu d'attachement que j'avais pour
lui si je mettais quelqu'importance à
ces propos.

Varoi répondit que je suivrais
toujours les conseils de la reconnaissance, et que je sentais parfaitement
ce que je devais lui sacrifier.

Ce propos adroit fit tout son effet
sur l'ame délicate de M. Dancourt ;
il répéta que je ne lui devais rien ,
et que plutôt que de me compromettre il aurait le courage de s'éloigner de moi.

En effet il fit un voyage de six
semaines , mais ce voyage ne servit

qu'à lui faire mieux connaître la puissance du sentiment qu'il avait pris pour moi ; il revint plus amoureux et plus empressé de me revoir.

Ce fut alors que M. Varoi lui demanda comment il ne songeait pas à m'épouser , puisque notre séparation lui était si sensible et ma présence si nécessaire.

— Ah ! mon ami ! lui dit-il, par la seule raison que mad. de Lomédy me déteste , qu'elle ne peut me cacher son extréme aversion pour ma personne , et que si jamais j'étais son époux, je n'en aurais que le titre et le tourment de la désirer en vain.

— Vous vous exagérez son éloignement, dit Varoi ; elle a pour vous une extréme amitié ; son ame est naturellement tendre et sensible, et la raison, la reconnaissance, la détermineront sans effort à tout faire pour votre bonheur.

Les deux amis discutèrent long-tems ; M. Dancourt craignait le mariage , et la grande indépendance dans laquelle il avait vécu jusqu'alors lui présentait l'idée d'un sacrifice affreux.

Il en revenait d'ailleurs à dire qu'il était sûr que je repousserais ses caresses , et que s'il ne s'était jamais écarté du respect qu'il me devait , il ne voulait se marier que pour aimer sa femme , vivre bourgeoisement avec elle, et en avoir un enfant tous les ans.

Enfin M. Dancourt osa se confier plus librement à son ami.

— Mon cher Varoi , lui dit-il , je n'ose m'expliquer librement qu'avec vous : je ne veux point offenser madame de Lomédy que j'adore , que

je especte , et qui pourrait en douter si je ui faisais connaître ma
résolution.

Mais l'ardent désir d'avoir un héritier est la seule chose qui puisse
me soumettre au joug du mariage ;
et je crois aussi que c'est le seul
lien qui puisse attacher véritablement
madame de Lomédy

— Où voulez vous en venir ? mon
cher Dancourt !

— Ne le devinez-vous pas Varoi...
Hé bien ! puisqu'il faut vous le dire..
que cette aimable femme m'accorde...
— Je vous entends. — Si le ciel seconde mes vœux , si elle devient
mère , je jure , *avec serment* , de
l'épouser sans délai et de lui faire
de plus grands avantages qu'elle n'en
pourrait désirer.

— Et si elle ne devient pas enceinte ?

— Au bout d'un mois d'épreuve ,
je renoncerai au bonheur de la pos-
séder, je ne réclamerai aucuns droits
sur elle que ceux d'un ami véritable ,
et qui s'intéressera éternellement à
son sort.

— Voilà une étrange proposition à
faire à une femme honnête , et je
crains fort qu'elle ne juge que vous
avez peu d'amour pour elle, puisqu'il
vous est possible de faire de semblables calculs.

— J'ai autant d'amour qu'on en
puisse avoir à mon âge; mais je con-
fesse que je ne suis pas entraîné
comme un jeune homme de vingt
ans.

Je ne me fais point illusion ; madame de Lomédy n'aura jamais qu'une
tranquille amitié pour moi, mais je la
crois sage, et capable de la conduite
la plus réservée ; que je la voie tous

les

les jours, que j'en aie au moins un héritier, et l'abandon de toute ma fortune n'aura pas encore assez payé mon bonheur.

Les deux amis se quittèrent, et M. Varoi vint me communiquer cet entretien.

———————

CHAPITRE XI.

JE restai confondue de cette proposition de M. Dancourt ; je ne l'au rais
peut être reçue qu'avec mépris et
colère quelques mois plutôt ; mais
j'étais inquiète de mon sort , je me
sentais sans amis , sans appui , au
milieu des troubles toujours croissans
de la révolution , et je répondis au
négociateur Varoi avec plus de mo-
dération qu'il ne s'en était flatté.

Toutefois je voulus donner une
preuve de confiance à madame de
Luzi , et je lui mandai avec la plus
entière sincérité qu'elle était ma position avec M. Dancourt ; je lui demandai conseil , mais en l'assurant
d'avance que ce n'é ait point un
homme dont les passions fussent

assez vives pour s'irriter par les dif-
ficultés , qu'il fallait consentir à me
donner à lui avant le mariage , ou y
renoncer pour toujours.

Madame de Luzi communiqua ma
lettre à son mari , qui me voulait
beaucoup de bien , et même à mon
père , avec lequel elle était toujours
très-liée.

M. de Luzi trouva ma destinée
bizarre , ne vit à tout cela que le
côté plaisant , et fut de l'avis du
mariage par anticipation. Mon père
qui était devenu dévot , et qui ne
pouvait se départir de la moralité
que lui commandait son caractère,
trouva mauvais qu'on le consultât
sur une semblable sottise , recom-
mença toutes ses plaintes sur mon
mariage et sur mon divorce , ce qui
n'amena, comme de raison , aucuns
résultats.

Mon amie était fort portée à partager ses opinions , et à me dire de
rejetter de semblables offres , mais
je n'avais absolument rien , et ma position l'effrayait plus que moi-même :
elle se borna donc à me répondre
que personne ne pouvait me diriger
dans une circonstance si délicate ;
que je devais tout tenter pour amener M. Dancourt à m'épouser sans
usurper lui-même ses propres droits.

Elle me manda (plus secrètement)
que son mari et mon père partaient
le lendemain pour Paris , où ils ne
passeraient que trois jours ; que je
ferais bien de les inviter à dîner , sans
affectation , avec M. Dancourt ; qu'ils
étaient fort curieux de le connaître ;
et se flattaient de pouvoir juger sur
sa physionomie de la confiance qu'on
devait lui accorder.

M. Varoi , d'intelligence avec moi

feignit de n'avoir pas encore trouvé
un moment favorable pour m'entretenir en particulier , et le dîner eut
lieu avant que j'eusse rendu réponse
à M. Dancourt.

Son respect pour les noms , son
attachement pour moi , et l'incerti-
tude d'appartenir bientôt à mon père ,
le rendirent extrêmement prévenant
pour lui , et mon père , auquel les
bas bleus et l'habit vert-pomme faisait bien moins d'impression qu'à
moi , trouva mes répugnances puéri-
les et dit franchement que ce gendre-
là lui conviendrait mieux que M. de
S.t-Prix.

M. de Luzi trouvait ce mari-là fort
original , disait cent folies sur toutes
les dissonnances qui se trouvaient
entre nous , et n'en concluait pas
moins que je devais donner quelque
chose au hasard , après avoir donné

dans d'autres tems quelque chose à l'amour.

Me rappe'er l'aimable Fabrice dans une telle circonstance , c'était redoub'er mon supp'ice , mais M. de Luzi n'entendait rien aux souvenirs amoureux , et je ne savais pas les épargner.

Je vis donc que mon père qui ne s'expliquait pas , et M. de Luzi qui s'expliquait , étaient au fond tous deux d'avis que je m'abandonnasse au hasard de ce nouveau mariage.

M. Varoi me pressait de rendre réponse à son ami , et son avis n'était pas douteux.

Je le dis donc ce mot terrible, ce *oui* singulier que ne me dictaient ni l'amour , ni l'hymen , et qui fort loin toutefois d'être le résultat de la cupidité ou du vice, n'était que le fruit

du malheur et de l'ardent désir d'assurer un sort à mon enfant.

Du reste j'avais la loyale et franche
intention de surmonter mon éloignement pour M. Dancourt , de me
conduire avec lui d'une manière irréprochable, et d'être la plus fidè e des
épouses si je ne pouvais devenir la
plus heureuse ou la plus tendre.

M. Dancourt reçut la nouvelle de
mon consentement avec une joie
impossible à exprimer. Il me répéta
ce que m'avait dit M. Varoi , de ses
excellentes intentions , soit pour
m'épouser si je devenais mère , soit
pour me rendre ma liberté et de
nouveaux services si je ne le devenais pas.

M. Dancourt était de si bonne foi
dans ses promesses , qu'il était impossible de l'entendre et d'en douter.

Aucun acte ne pouvait valoir sa

parole , et M. Varoi qui le connaissait depuis vingt ans , répondait de lui.

Il fut donc décidé que le dimanche d'ensuite je partirais de Paris seule et secrètement , pour aller coucher à la campagne de M. Dancourt , qui n'y allait jamais l'hiver , et qui , par conséquent , n'y recevrait personne... la plus grande discrétion m'était assurée.

A l'instant de monter en voiture , j'allai me mettre à genoux devant le berceau de mon pauvre Fédor qui dormait.

Cher enfant ! lui dis-je baignée de larmes , qu'il y a loin de ton sommeil innocent et tranquile, à l'humiliante démarche qui va cette nuit me séparer de toi.

Mais que puis je faire pour ton enfance , pour ton éducation , pour ta vie toute entière... d'ici à ce que
tes

tes mains fragiles puissent aider à
ton existence , qui te soutiendra...?
et si tu me perdais , que ferait pour
toi un père insensible pour lequel la
nature n'a jamais parlé... Une pension alimentaire, voilà tout ce que
tu pourrais espérer de lui ; le ciel
t'envoie un protecteur , un appui
pour nous deux, dans peu tu pourras
être aussi son fils.... Oh ! mon Fédor,
ce n'est pas moi qui ai choisi la
route incertaine dans laquelle je vais
m'engager...; prie pour ta mère, pauvre enfant , c'est à toi, c'est pour toi
qu'elle se sacrifie.

J'embrassai mon fils , qui ne se réveilla pas , je le recommandai à ma
bonne Victoire , qui l'aimait comme
si elle lui eut donné la vie , et j'arrivai à huit heures du soir à la maison
de campagne de M Dancourt.

Tome IV.   I

CHAPITRE XII.

Monsieur Dancourt, pénétré de reconnaissance, vint au-devant de moi dès qu'il entendit arrêter ma voiture ; il avait pris le plus grand soin de sa toilette , un peu moins ridicule qu'à l'ordinaire.

Une jolie collation m'attendait, au coin d'un très-bon feu , dans sa chambre à coucher; cette pièce était meublée avec élégance, car le maître de la maison ne manquait de goût que sur lui-même , s'étant persuadé une fois pour toutes que les nouvelles modes étaient toujours contraires à la commodité. Des vins exquis, des liqueurs précieuses étaient sur la table; des parfums et des fleurs , malgré la rigueur de la saison , dé-

coraient l'alcôve ; je ne sais qui lui
avait donné toutes ces idées volup-
tueuses , bien en contraste avec son
physique et ses habitudes ; mais en
admirant ces soins , je disais intérieu-
rement : *tristes apprêts*, *pâles flam-*
beaux , etc. , etc.

La mauvaise grace n'eut fait qu'a-
jouter au trouble de ma situation ;
les vins d'Espagne dont je ne buvais
jamais m'étourdirent dès que j'en eus
goûté; et, malgré l'extrême tendresse
que me témoignait M. Dancourt, il
me fut possible de dissimuler ma
répugnance ; c'était un effort dont
je ne m'étais pas cru assurée en arrivant chez lui.

Mais mon nouvel ami , qui avait
peu d'esprit , et par conséquent la
confiance attachée à la sottise , alla
lui-même au-devant de toutes les illusions : il conclut que puisque je

I 2

ne montrais pas de dégoût c'est que
j'éprouvais du plaisir, et m'assurant
lui-même que j'avais de l'amour pour
lui et que j'en aurais tous les jours
davantage, il m'épargna au moins
l'embarras et le chagrin des fausses
démonstrations.

Si je n'avais pas connu jusque-là
les services que peut quelquefois
rendre la vanité des hommes, je
l'aurais appris dans cette pénible nuit,
où Dancourt n'était pas moins con-
tent de lui que de moi-même.

A la vérité, quand je le reconnus
près de moi, à mon premier réveil,
tous mes sens frissonnèrent ; des tor-
rens de larmes tombèrent de mes
yeux.

Le bon Dancourt les expliqua tout
de suite, en fit honneur à ma vertu
qui souffrait d'une situation peu régulière, me répéta qu'il était sûr que

j'étais déjà mère , et qu'avant six semaines la noce aurait lieu.

Je n'avais, sur tous les points, qu'à ne pas le démentir, et il était au moins très-facile de le rendre heureux.

Les vives instances de M. Dancourt me forcèrent de passer cette journée avec lui ; M. Varoi devait venir diner, et j'éprouvai une très-grande honte à le revoir.

Mon ami , familiarisé avec ma noblesse , se permettait de grosses plaisanteries qui me faisaient beaucoup souffrir ; on but à la santé de l'héritier de la maison de Dancourt ; il demandait une seconde nuit pour consolider sa création , mais je fus inflexible ; et, pour éloigner tous les soupçons je revins à Paris avec M. Varoi qui, au fond de son cœur , me plaignait sincèrement.

Je trouvai, en rentrant chez moi,

I 3

un présent ut:le et magnifique : c'était une assez forte partie d'argenterie ; Victoire l'avait reçue avec grand plaisir , et je ne cache pas qu'il m'en fit aussi.

La perspective de mon prochain mariage applanissait mes scrupules, car enceinte ou non je me flattais d'y conduire. Dancourt que je voyais passionnément amoureux.

Je savais qu'il était riche , par suite de plusieurs successions dont il avait hérité en peu d'années ; je savais aussi qu'il ne mangeait pas le quart de son revenu.

Ennemi du luxe , vivant pour lui-même ; pour des amis ou des parens qu'il obligeait en toute occasion , je ne lui connaissais d'autre propriété que cette petite maison de campagne, de peu de valeur , agréable , mais qui n'était d'aucun rapport.

Comme je l'observais à M. Varoi ,
en qui j'avais confiance , il me dit
que toute la fortune de Dancourt
était en porte-feuille , non pas en assignats ou en mandats, qui commen-
çaient à paraître alors , mais en or.
Dancourt faisait valoir ses fonds sur
la place , tirait habilement parti de
toutes les circonstances , et Varoi
qui travaillait aussi pour lui , lui
trouvait ce genre d'esprit plus qu'à
personne ; il prévoyait à ravir la
hausse ou la baisse des effets publics ,
calculait à merveille , et la preuve
que ses opérations étaient bonnes ,
c'est qu'elles étaient toujours heu-
reuses.

En affaires , en politique , en
amour, le succès passe toujours pour
la preuve du talent ; et pour en décider autrement il est rare qu'on
donne assez d'intérêt ou d'attention

I 4

aux choses qui n'ont pas de rapport avec nous-mêmes.

Dancourt avait donc dans les affaires toute la réputation que peut donner le bonheur.

CHAPITRE XIII.

Le mois de liaison que je devais avoir avec Dancourt s'écoula rapidement.

C'est un grand enchanteur que Plutus, il répandait sur ma vie tant de jouissances, tant de dissipations, que la réflexion et l'inquiétude ne pouvaient pas m'atteindre; l'époque qui devait décider de ma situation ne laissa pas un instant de doute.

J'étais enceinte : Dancourt qui le désirait plus vivement que jamais, en reçut la nouvelle avec des transports de joie inexprimables ; il m'engagea à différer notre mariage d'un mois seulement ; par le calcul de cette seconde époque, et du terme de ma grossesse, il paraîtrait naturel que j'accouchasse à sept mois , et ma réputation ne serait compromise en rien.

D'ailleurs, ce n'était pas trop d'un mois pour le trousseau magnifique qu'il voulait me donner , pour l'achat d'une maison à Paris , qu'il avait en vue depuis long-tems , et pour laquelle je le décidais à conclure; enfin pour un petit voyage que je voulais faire à Rouen , afin d'y voir mes parens et mon amie.

Mon père feignant d'ignorer que j'étais enceinte , me pressa de conclure, et me promit de se trouver à ma noce, dont le jour même était fixé.

Quelle fut donc ma consternation en recevant à Rouen un exprès de M. Varoi , qui m'invitait à me rendre à Paris sur-le-champ.

Sans s'expliquer sur la nature des malheurs qui m'y attendaient, il me

recommandait la philosophie , le
courage , et surtout de le faire avertir
avant de voir Dancourt, encore plus
malheureux que moi.

Cette lettre me fit la plus vive impression : je la communiquai aux amis
qui s'intéressaient à moi; on s'épuisa
en conjectures. Je laissai l'inquiétude dans tous les esprits , j'en em-
portai : davantage , et je me rendis
en toute hâte à Paris.

Voici les événemens cruels dont
M. Varoi m'instruisit :

M. Dancourt avait des liaisons se-
crètes avec le ministère ; il connaissait
un des premiers les causes politiques
qui influaient d'une manière quel-
conque les valeurs du gouvernement;
c'était à cela qu'il avait dû la conduite et le bonheur de ses opérations
jusqu'à ce jour.

Le jeune S.t-Yves , gentilhomme

peu fortuné, mais également probe
et intelligent, avait toute la confiance
de Dancourt dans les missions les
plus importantes, et même de pré-
férence à M. Varoi.

Celui-ci passait pour trop adroit ;
et on sait quelle idée s'attache à cette
expression, quand il s'agit d'affaires
d'intérêt.

Dancourt prévenu d'un événement
politique, dont il était facile d'apprécier les conséquences, avait chargé
S.t-Yves de cent mille écus, en
doubles louis, et par conséquent d'un
transport assez facile.

La spéculation qui était immense,
et dont les détails échappent à ma
mémoire, devait se faire sur la place
de Marseille. Il s'agissait de s'y rendre avec la plus extrême diligence,
et deux jours avant que la nouvelle

que connaissait Dancourt, y fut par-
venue.

On m'expliqua, dans le tems, combien cette affaire offrait de *sûreté* et
d'avantage; mais Dancourt, déjà d'un
certain âge, peu habitué à la fatigue,
craignait de ne pouvoir mettre assez
d'activité à cette démarche; il la con-
fia à son jeune ami.

S.t Yves avait 23 ans; mais une figure efféminée et délicate le faisait
paraître plus jeune qu'il ne l'était;
une protection utile, une infirmité légère, lui avaient fait obtenir un congé
de réforme, à l'époque de la réqui-
sition; ses papiers étaient fort en
règle, il ne redoutait rien, ce qui
n'empêcha pas qu'en arrivant à Marseille il fut arrêté par le comité ré-
volutionnaire.

Il montra son congé. On lui répondit qu'il était faux, et qu'il n'était

point possible qu'il fut réformé, puisqu'il n'était visiblement ni malade, ni blessé.

— Tu es un muscadin, lui cria un des plaisans du club, et tu as peur du feu; voilà ton mal.

— Hé bien ! il faut le mettre à l'ombre, s'écria l'autre ; on écrira à Paris; et jusqu'à la réponse, il dormira s'il veut ; il n'en sera que plus frais.

Et tout le club de rire, de ce rire infernal qu'on suppose aux démons, et qu'on a vu trop long-tems parmi les hommes.

S.t-Yves connaissant toute l'importance de ce retard pour les affaires dont il était chargé, se défendit avec la plus grande chaleur, et voulait surtout rejoindre sa chaise de poste, dont la cassette l'inquiétait beaucoup.

Il trouva de la résistance pour sortir

du club, s'emporta contre tant d'injustice, et fixa doublement l'attention
sur lui.

Il se révolte contre l'autorité?
criait-on de toutes parts.

Pendant ce tems on visitait la
chaise ; le secret qu'elle renfermait
avait été découvert et brisé.

Deux hommes chargés de l'impor-
tante cassette la traînèrent dans la
salle , en faisant remarquer sa pé-
santeur.

S.t-Yves pâlit , et fut observé de
nouveau.

Diable , disaient les porteurs de la
cassette , celui-là ne s'embarque pas
sans biscuit.

A la vue de ce trésor , on mit une
toute autre importance au malheureux jeune homme ; il fut interrogé
avec sévérité , et soupçonné tout au
moins d'une conspiration.

On le conduisit en prison , d'où il trouva le moyen de faire passer ces premiers détails à Dancourt.

Il l'engageait à se tranquiliser ; la réponse, disait on, qu'on attendait de Paris lui serait sûrement très-favorable, alors il serait rendu à la liberté. Ce n'était , pensait S.t -Yves , qu'une opération de manquée , mais la cassette était déposée en mains sûres, et il espérait la recouvrer intacte.

Voilà les premières nouvelles que Dancourt avait reçues il y avait dix jours ; il me les avait cachées pour ne pas me faire partager sa juste et cruelle inquiétude.

Mais une seconde lettre , reçue la veille , avait réalisé tous les malheurs qu'il pouvait appréhender.

L'infortuné S.t-Yves l'avait écrite quelques heures avant de se brûler la cervelle....

La

La réponse dont il attendait son élargissement, l'avait produit en effet ' mais quand il avait parlé de la cassette, on lui avait répondu ironiquement que l'argent était à sa destination , et qu'on lui conseillait , pour sa sûreté et pour celle des personnes auxquelles il pouvait appartenir , de n'en jamais demander des nouvelles.

S.t Yves avait compris ce langage ; mais, désespéré et n'imaginant pas comment il pourrait éviter les soupçons injurieux de Dancourt , il prit la ferme résolution de se détruire à la première auberge où il s'arrêta au sortir de la ville.

Un homme honnête et bien payé, prit sa place dans la voiture publique, et fut chargé, après sa mort, de voir Dancourt , de lui remettre la lettre de S.t-Yves , et de lui dire de vive voix tout ce qu'il lui importait de savoir.

Le malheureux jeune homme avait donné , pour ce triste message , les cent louis que le comité avait bien voulu lui laisser , en l'invitant de quitter sur - le - champ Marseille. Il résultait de ce tissu d'horreurs que M. Dancourt était complètement ruiné , et se livrait au plus affreux désespoir, donnant de grands regrets à sa fortune et de justes larmes à son jeune ami.

CHAPITRE XIV.

Mon premier devoir, comme mon premier soin, fut de courir chez Dancourt, dont l'ame n'était pas assez ferme pour un tel revers , et qui était à moitié fou. — Eugénie ! s'écria-t-il en me voyant, avez vous du courage , de l'énergie ? voulez vous voir la fin de mes peines et des vôtres? — Assurément, lui dis-je , mais vous me paraissez dans la plus vive agitation et je voudrais vous voir plus calme, plus capable de recevoir mes tendres consolations.

— Malheureuse femme ! malheureuse amie ! que parlez-vous de consolations ? je suis ruiné ! ruiné tout-à-fait ; pour completter la somme de cent mille écus , j'ai fait des emprunts , je suis sans ressource , et ma perte va entraîner la vôtre.

— Mon cher Dancourt , vous avez de l'intelligence et l'habitude des affaires ; vous avez aussi la réputation d'un galant homme. . . .

— Un galant homme qui se ruine, n'a plus d'amis , di-ait Dancourt avec l'éloquence de la douleur.

J'étais , au fond de l'ame , de son avis , mais j'aurais voulu lui voir un peu plus de fermeté , et il n'en avait que pour former les plus affreux projets.

— Vous êtes enceinte , chère Eugénie ; ce crime affreux est mon ouvrage ; c'est moi qui ai comblé la mesure de vos peines... Hé bien ! imitons ce courageux et brave jeune homme... Mon amie, détruisons-nous aussi.

—Et mon Fédor, dis-je à Dancourt,

mon fils n'a-t-il donc plus besoin de ma vie ?

Au vrai je n'avais, dans cette circonstance, nulle envie de mourir. J'ai déjà dit que l'amour avait epuisé toute ma sensibilité, je n'avais pas de larmes pour les revers de fortune, je la regrettais sans doute beaucoup, surtout en songeant à ce que m'avait coûté l'espérance d'y arriver ; mais enfin le mal était sans remède, et si quelque chose pouvait encore l'aggraver, c'était le découragement. Dancourt était naturellement d'un caractère assez léger ; entouré de faiseurs de projets, il goûtait toutes les ressources qu'on lui faisait envisager, et bientôt, las de son désespoir, il ne se crut plus embarrassé que des mille moyens de refaire une belle et rapide fortune.

J'étais loin de partager sa confiance,

mais j'aimais à le voir heureux , et ne le désabusais pas.

Nous n'avions pas parlé de notre mariage dans le premier trouble où nous avait jetté cet événement. Varoi fut chargé de me sonder , je le devinai au premier mot, ce qui me permit d'expliquer plus librement ce que j'avais déjà résolu.

— Mon cher Varoi , lui dis-je , votre ami est un très-honnête homme; s'il est ruiné , ce n'est pas sa faute , et je suis persuadée qu'il est prêt à tenir tous ses engagemens avec moi.

— Vous lui rendez justice , me dit il , ce mariage dépend absolument de vous.

— Mais pensez-vous , mon cher , qu'on puisse être heureux, dans la nouvelle situation où se trouve Dancourt.... Vous savez , Varoi , que je n'ai jamais eu d'amour pour lui , et

que l'intimité qui a régné entre nous
était pour moi un horrible supplice,
dont tous les avantages de la fortune
pouvaient à peine me dédommager.

— Hé bien ! me dit Varoi, avec
impatience ?

— Laissez-moi achever sans m'in-
terrompre, lui dis-je ; si les plaisirs,
les dissipations, m'aidaient à peine
à supporter la société estimable,
mais peu séduisante, de Dancourt,
que ferons nous ensemble aujour-
d'hui ?

On le blâmera généralement dans
le monde d'épouser une femme tout-
à-fait sans fortune, au moment où
il est ruiné.

Cela diminuera ses ressources et
l'intérêt pour lui.

— Vous êtes bien raisonnable, me
dit Varoi.

— Oui, quand je n'ai pas d'amour,

et qu'il me reste pour Dancourt autant de reconnaissance que d'amitié ;
mais j'a aussi à faire une réflexion
qui m'est personnelle , et qui n'est
pas d'une moindre importance pour
moi.

Personne ne pourra me croire de
passion pour Dancourt , dont 'e physique et l'esprit n'ont rien de sédui-
sant ; cela excitera la curiosité , et
l'on découvrira que des liaisons an-
térieures ont rendu mon mari ge
nécessaire , on se moquera de l honnêteté de Dancourt , je deviendrai
l'objet de la médisance , de la calom-
nie ; Dancourt est faible , ces propos
feront impression sur lui , il m'aimera , m'estimera moins , et il ne lui
restera que l'embarras d'une femme
et d'un enfant , qui lui deviendront
fort onéreux dans sa situation.

— Vous me confondez , me dit
Varoi

Varoi en me baisant les mains avec attendrissement, mais vous, pauvre petite femme, vous qui étes enceinte, que deviendrez-vous?

— Moi, mon cher Varoi, j'accoucherai, car c'est un malheur réel auquel il n'est pas possible de me soustraire, mais je cacherai cet événement avec le plus grand soin. Dancourt reconnaîtra cet enfant sous son nom *seul*, et quant aux soins physiques de son enfance, ou plus tard même de sa fortune, le plus heureux de nous deux s'en chargera et disputera ce plaisir à l'autre.

— Varoi me dit simplement: *Vous êtes une honnête femme* ; et ce mot prononcé avec émotion, me toucha beaucoup ; il est si doux de se retrouver dans le chemin de l'honneur quand la force des événemens et

Tome IV.   L

non l'inclination , nous en a dé-
tournés.

Je me sentis bien soulagée après
cet entretien. Varoi m'avoua que
Dancourt, très-décidé à tenir sa parole si je l'exigeais , sentait toute
l'inconvenance de se marier dans sa
situation , d'autant plus qu'un général
voulait l'emmener avec lui à Turin ,
et qu'il avait des vues utiles et assez
raisonnables ; il fut convenu que
Varoi le préviendrait avec ménage-
ment. Ce pauvre garçon , en songeant
à mon état , se repentait beaucoup de
m'avoir fait connaître Dancourt ; il
me priait de le lui pardonner.

Cela n'était pas nécessaire , j'ai
toujours cru à la fatalité.

CHAPITRE XV.

Le malheureux Dancourt était bien aise de ne pas se marier , mais il fut fâché que j'y renonçasse aussi facilement.

Soit qu'un peu d'amour se joignit encore à un assez grand fond de vanité , loin de me remercier de ma sagesse , comme je m'y attendais , il vint le lendemain me faire une scène assez vive , et voyant mon refus sous des couleurs tout-à-fait différentes que Varoi , il me disait que j'étais ingrate , sans attachement pour lui , et que j'étais bien aise de son malheur pour rompre des engagemens auxquels la fortune seule m'avait décidée ; ces reproches, à qui le chagrin donnait plus d'aigreur , et

L 2

qui étaient les premiers de Dancourt, me furent extrêmement sensibles.

Je croyais avoir raison , je me fâchais à mon tour , et Varoi qui entra en ce moment fut bien étonné de me trouver baignée de larmes , comme de voir son ami tout irrité , lui qui le premier l'avait chargé , deux jours plutôt , de me pressentir à ce sujet.

Varoi lui objecta avec beaucoup de raison et de vérité , que tout ruiné qu'il était il avait encore , tant de sa petite maison de campagne que d'autres effets , beaucoup plus de fortune que moi , à qui il ne restait *qu'un enfant de plus* ; que je prouvais donc ma générosité en ne le mettant pas dans le cas de faire pour moi les derniers sacrifices qui lui restassent à faire , et qui seraient indispensables si je devenais son épouse. Varoi observa que cette mésintelligence entre nous éta't déjà le premier effet de l'infortune , qui aigrit les caractères et ne sait où répandre le besoin de la plainte et du reproche.

Il força Dancourt à se souvenir de ce qu'il lui avait dit lui-même , et à me demander pardon des nouveaux chagrins qu'il me causait dans mon état.

Enfin il lui parla sévèrement et le persuada si bien de ses torts qu'il se mit à mes genoux , où il eut quelque peine à m'appaiser , car il y avait de quoi me désespérer de voir que la même chose qui m'avait fait estimer la veille me faisait mépriser le lendemain. Il en est pourtant ainsi de beaucoup d'actions de la vie , que chacun juge d'après ses principes ou ses affections particulières.

On peut juger du chagrin que tout

L 3

ceci causa à madame de Luzi et à mon père, mais rien n'était plus difficile que de me donner un bon conseil. Ma pauvre amie passait sa vie à pleurer sur son amant ou sur moi.

Mais mon père finit par dire que tout cela était ma faute, qu'il m'arrivait toujours des choses extraordinaires; et il était bien convenu dans l'esprit de mon père que les choses extraordinaires *qui ne réussissent pas* sont des torts.

Dancourt, passé ce premier moment, revint tout-à-fait à la raison et à des sentimens fort tendres pour moi ; il était naturellement bon, généreux, et s'affligeait plus que moi-même de la triste situation où il me laissait.

Dans la prospérité je suis certaine que nous eussions été fort heureux ensemble, mais il est des gens dé-

testables. dans une situation contraire.

Dancourt eut certainement été de
ce nombre ; il ne pouvait souffrir
aucune occupation, n'avait ni goût ,
ni connaissance des arts ; il s'amu-
sait sans intérêt de tout ce qui l'empêchait de réfléchir , et passait ainsi
le tems : du reste , gai , obligeant ,
aimant le monde et la dépense , sa
société plaisait, parce qu'il avait, par
sa fortune , tous les moyens de dis-
penser le plaisir ; mais dans le tête à
tête avec sa femme, parlant réforme ,
économie , regrettant le passé , ne
sachant comment faire écouler le
présent., le pauvre Dancourt eut été
bien ennuyeux , et aurait couru ris-
que , avec beaucoup de femmes ,
d'être quelque chose de plus.... Il se
fit une véritable joie de donner son
nom à mon enfant, me promit avec

sincérité de travailler pour lui et pour moi, et trompé par son zèle, se croyait encore de grands moyens de réussir.

En attendant il devenait de jour en jour pressant de me choisir une retraite, et de dissimuler mon état.

Nous nous arrétâmes à dire dans le monde que j'allais passer plusieurs mois chez une tante que j'avais en province, et dont j'attendais quelque chose.

Mais au lieu de cela je n'allai que jusqu'à Passy.

M. Malo, médecin habile, et surtout discret, y tenait une maison de santé d'autant mieux composée qu'elle était assez chère, pour les femmes surtout qui voulaient y faire leurs couches et n'y pas être connues.

Dancourt, sur les débris de sa

fortune , paya davance les cinq mois qui me restaient à passer jusqu'à mes couches , et même un mois de plus pour ma convalescence.

Je voulais vendre mon argenterie pour diminuer ces sacrifices , mais il ne le souffrit pas , et me fit promettre de ménager cette ressource pour l'éducation de mon pauvre Fédor , que j'adorais , et que je ne voulais pas confier à son père , auquel je n'écrivais plus.

Quand je fus assez agréablement établie à Passy , M. Dancourt se décida à accompagner, en Italie son général , homme fort riche , et qui, malgré les malheurs de Dancourt , le croyait bon financier , et voulait lui confier ses affaires et son argent.

Cette place , sans titre et sans honoraires fixes , avait pour lui de

véritables avantages et beauooup d'a-
grémens.

Il est doux de quitter un pays
qui a été le théâtre de la prospérité
et qui est devenu celui de notre mal.
heur.

Mon ami jouissait d'ailleurs de
toutes les commodités que se pro-
curait le général en voyageant ; il
mangeait à sa table , et se consolait
quelquefois en racontant à ses voi-
sins que la sienne avait été aussi
bonne ; la vanité se raccroche à
tout.

Varoi fut chargé de tout ce qui
était nécessaire à la reconnaissance
de mon enfant , le pauvre Dancourt
me recommanda mille fois à ses
soins , pleura un moment , et pensa
à moi... jusqu'à la voiture du général.

CHAPITRE XVI.

Monsieur Malo , chez lequel j'allais
demeurer plusieurs mois , était un
homme de cinquante ans , fort occupé de son état, de sa maison, qu'il
tenait avec assez d'élégance et de
soin.

Du reste, fort simple dans ses ma-
niéres , point curieux , point causeur,
et s'embarrassant on ne peut pas
moins de savoir qui avait commencé
les enfans qu'on venait, secrètement
achever chez lui.

J'avais obtenu , en faveur de nos
arrangemens pécuniaires , que mon
fils et Victoire restassent avec moi ,
quoique cela ne fut point dans l'usage
de la maison, mais M. Malo aimait
beaucoup l'argent , et ne mettait

d'entêtement à rien pourvu qu'on lui
en donnât.

Je passai près d'un mois sans sortir
et sans voir qui que ce fût, pourtant
ayant changé de nom et m'étant bien
assurée que je n'étais connue de personne dans la maison , je cédai aux
instances de Fédor qui me persécu-
tait pour courir dans le jardin.

J'y rencontrais toutes les fois une
belle et jeune anglaise qui paraissait
dans le même état que moi.

Elle caressait mon fils avec com-
plaisance , lui disait qu'il était charmant et qu'il me ressemblait !....
première coquetterie qui annonce
entre femmes l'intention positive de
s'obliger.

Je me sentais disposée à répondre
à ses prévenances , et cette inclination réciproque se développant de
jour en jour , nous n'eûmes bientôt

plus de secret l'une pour l'autre ,
(au moins sur notre situation pré-
sente.)

La belle insulaire se faisait nommer
milady Tancréde , titre qu'elle avait
réellement , mais non pas le nom de
Tancréde , sous lequel elle n'était
pas connue dans son pays.

Elle n'avait point de mari depuis
trois ans , et devait pourtant accou-
cher dans le même mois que moi ,
c'était le seul rapport qui existât entre
nous , car du reste milady était veuve
et puissamment riche.

Le caractère que j'attribuais particulièrement aux femmes de sa nation,
ses longs cheveux blonds , ces grands
yeux languissans, me faisaient présu-
mer qu'elle devait être mélancolique
et sans doute victime de quelques
grandes passions.

Mais rien ne trompe plus souvent

que ces préjugés généraux, qui sont sans cesse démentis par l'expérience ; milady Tancréde en offrait la preuve.

Mariée dès l'âge de quatorze ans à un vieux ami de son père, qu'elle ne pouvait pas souffrir ; elle l'avait accepté par le seul embarras d'une résistance ouverte envers une famille puissante et très-jalouse de son autorité.

Milady s'était prodigieusement ennuyée dans ce lien mal assorti, que la mort avait rompu quinze mois après.

Mais une fois libre et maîtresse de sa fortune, elle était venue en France dans l'unique dessein de s'y amuser et d'y jouir de tous les agrémens qu'elle pourrait s'y procurer.

Milady paraissait avoir tout au plus vingt ans, elle était grande, très-

bien faite , d'un éclat et d'une fraîcheur incomparables , sa bouche ,
un peu trop grande peut-être , laissait voir des dents magnifiques , et
quand ses jolies lèvres s'entrouvraient
pour sourire , il était impossible de
résister à l'expression de sa physionomie pleine de noblesse et de
candeur.

Sous cette charmante enveloppe ,
milady n'était pourtant pas un être
parfait.

Vive , passionnée , orgueilleuse ,
inconséquente , elle était accoutu-
mée à tout soumettre autour d'elle ;
l'argent applanissait toutes les dif-
ficultés , et elle le jetait à pleines
mains.

Du reste, bonne , sensible, exal-
tée , aimant toujours quelque chose
à l'adoration, son amant , son amie
ou son chien ; car dans la difficulté

qu'elle trouvait à rendre ses sentimens dans notre langue, qu'elle ne
savait pas bien, ces expressions
étaient les mêmes pour des objets
très-différens.

J'avais plu à milady dès le premier
moment, et j'obtins sa confiance
long-tems avant même de la désirer.

Le père de l'enfant dont elle était
enceinte était un jeune colonel fran-
çais, fier et beau comme Mars, mais
étourdi comme un page.

Un jour qu'il s'était vu forcé d'attendre très-long-tems sa belle mai-
tresse, il en avait conté à Charlotte,
simplement pour se désennuyer.

Charlotte n'était rien du tout que
la filleule de milady ; petite fille extrêmement jolie, ayant déjà seize
ans et n'en paraissant pas plus de
douze.

On la traitait comme un enfant
sans

sans conséquence ; d'ailleurs d'une
naissance obscure et ne pouvant prétendre qu'à l'honneur de servir un
jour milady. Le colonel qui n'avait
pas réfléchi sur tout cela avait traité
Charlotte comme une grande personne ; milady eut des soupçons ,
Charlotte des remords , elle avoua
tout , et il fut prouvé que le même
jour l'imprudent colonel avait fait un
enfant à milady et un à Charlotte.

La pauvre petite s'attendait à être
chassée , mais l'orgueil et le caractère de sa maîtresse la sauvèrent de
ce malheur.

Milady trouva tout simple que
Charlotte eut voulu d'un colonel ,
mais très-impertinent qu'un colonel
eut voulu de Charlotte.

En conséquence elle ne fit justice
que de son amant , qu'elle congédia
sans retour et presque sans regrets ,

car une fois blessée dans sa vanité,
elle ne pardonnait pas.

Cet événement conduisait milady
chez M. Malo , où elle se trouvait
assez bien , prenait son parti gai-
ment , et se crut heureuse dès qu'elle
eut décidé dans sa tête que j'étais sa
meilleure amie.

CHAPITRE XVII.

J'ÉTAIS encore chez M. Malo , lorsque j'y reçus la triste nouvelle de la mort de madame de Choisy ; une hydropisie de poitrine l'avait enlevée à ses amis , qu'elle avait conservés dans son grand âge par un commerce aimable , une bienfaisance extrême et les qualités les plus attachantes.

Elle n'avait conservé sa fortune dans la révolution , qu'en feignant depuis long-tems de l'avoir perdue.

Sa vie modeste et simple , depuis bien des années , avait fait dire qu'elle était ruinée ; et ne mangeant pas le quart de son revenu , on trouva beaucoup d'argent à sa mort.

Je n'appartenais pas d'assez près à madame de Choisy , pour avoir des droits à sa succession ; mais elle me laissa généreusement un leg de quinze mille livres , et si ce bienfait inattendu me fut fort agréable , il augmenta ma sensibilité à sa perte.

Milady redoubla de soins , pour me distraire , et son amitié était si tendre, si expensive, que je m'attachai véritablement à elle.

Des nouvelles de son pays l'y rappelaient impérieusement , et le terme de sa grossesse était marqué pour celui où elle quitterait la France.

Elle me demanda avec tendresse de partir avec elle , me promettant dans sa maison l'existence la plus heureuse et la plus indépendante.

Milady était brouillée avec une grande partie de sa famille , qui avait désapprouvé qu'elle vînt seule à Paris , et dès les premiers momens de son veuvage ; mais elle avait un hôtel

magnifique , un revenu de six mille
livres sterlling , et un frère très-aimable . plus âgé qu'elle et qui , au
retour de ses voyages , devait demeurer avec nous.

Madame de Luzi était la seule personne en France qui me donnât de
véritables regrets , mais n'étant pas
destinée à vivre près d'elle , je goûtai
assez le projet de mon amie , qui me
forçait à recevoir chaque jour des
présens utiles ou agréables , et ne
croyait jamais assez faire pour me
convaincre de son amitié.

Nous accouchâmes à huit jours
l'une de l'autre , mais cet événement
fut bien différent entre elle et moi.

Je me portais à merveille ; milady
pensa périr ; les accidens les plus
graves retardèrent sa convalescence,
et son enfant mourut deux heures
après sa naissance.

Elle n'en fut pas très-affectée, et ne voulut instruire le colonel de rien de ce qui l'intéressait.

M. Varoi, le seul instruit de ma retraite, venait m'y apporter souvent des lettres de Dancourt ; son général ne faisait rien d'essentiel pour lui, parce que tout ce qu'il aurait fait les aurait séparés, et qu'il croyait en avoir besoin.

Pourtant il lui donnait sur toutes ses opérations des gratifications avantageuses, et si son sort n'eût pas été précaire, on pouvait dire qu'il était heureux.

Voyant approcher le moment de ma délivrance, Dancourt me suppliait si j'avais un garçon, de l'envoyer à l'instant à Auteuil, où il avait une tante assez fortunée, remplie d'amitié pour lui, qui le mettrait en nourrice près d'elle, et en aurait les soins

'une mère, jusqu'à ce qu'il put rap
eler son fils près de lui.

Cette tante avait le secret de Dan-
ourt et non pas le mien.

Elle savait seulement que l'enfant
u'elle recevrait des mains de M.
aroi était l'enfant de son neveu,
nvers lequel elle avait eu, en d'au-
res tems, les plus grandes obliga-
ions.

J'étais accouchée d'un garçon et
es intentions de Dancourt furent
emplies exactement et avec tout le
succès possible.

Çe ne fut pas sans beaucoup de
ouleur que je vis s'éloigner de moi
e pauvre petit être destiné à ne point
onnaître celle à qui il devait le jour.
Mais madame Masson, tante de Dancourt, était veuve, n'avait pas d'enfans, prenait avec joie l'engagement
de rendre le mien heureux.

Mes larmes se séchèrent, et d'après les circonstances, tous mes amis, et Dancourt lui-même , approuvèrent mon départ pour l'Angleterre.

La mauvaise santé de milady le différa bien plus qu'elle ne le comptait; j'observais avec douleur que sa poitrine s'affectait , et que cet événement , qu'elle avait ressenti avec tant de légèreté , lui coûterait tôt ou tard la vie.

M. Malo , extrêmement satisfait de sa générosité , nous prodigua les plus grands soins , et nous nous embarquâmes dans les premiers jours d'avril.

J'emmenais Victoire et mon cher Fédor , qui était fort beau , se portait mieux , et suffisait partout à mon bonheur.

CHAPITR

CHAPITRE XVIII.

Je n'avais pas communiqué à M. de S.t-Prix mon départ pour l'Angleterre ; mon fils n'était pas encore dans l'âge où il avait le droit de le réclamer , et sa profonde insouciance me rendait tranquille à cet égard.

J'avais placé en viager , sur sa tête et la mienne, les quinze mille francs de la succession de mad. de Choisi , et je comptais d'autant moins sur la fortune qu'il laisserait un jour à son fils , que j'avais appris qu'il se ruinait en faisant bâtir à Rémur.

La vente de mon argenterie et de mon mobilier avait un peu augmenté mes capitaux , et j'étais trop riche véritablement chez la généreuse milady , qui allait au-devant de tous mes désirs.

Nous arrivâmes très-heureusement à Londres , où milady Tancréde reprit son nom , sous lequel je ne la ferai pas connaître, ainsi que l'amitié et la discrétion l'exigent ; mais elle ne m'avait aucunement trompée sur la brillante existence dont elle jouissait ; je voyais avec douleur que la souffrance abrégerait beaucoup une vie destinée au bonheur , et cette malheureuse femme ne s'abusait pas sur son état ; il ne nous permettait guères de nous livrer à aucunes dissipations. Mon amie s'en désolait et attendait impatiemment son frère , qui devait me faire connaître les beautés de la ville , et m'accompagner aux spectacles que je ne connaissais pas.

Charles *Williams*, qui aimait passionnément sa sœur et qui savait combien elle était malade, hâta son retour.

Milady ne m'avait pas caché qu'il était beau, très-aimable, et séduisait toutes les françaises dont il était connu.

Elle m'observa que son frère n'avait qu'un défaut, mais qui devait paraître fort essentiel à mes yeux.

Charles était un vrai caton, très-sévère dans ses mœurs et dans ses principes, estimant peu les femmes en général, et les parisiennes en particulier; il ignorait entièrement la conduite peu régulière de milady, qui avait toujours dû à sa fortune l'avantage inappréciable de pouvoir dissimuler ses torts.

Ses ennemis, et de ce nombre, je comprends sa famille, s'empressaient pourtant de lui en supposer; mais

des accusations toujours sans preu-
ves , restaient sans confiance , et
n'empêchaient pas milady d'avoir
beaucoup de connaissances honora-
bles et de partisans empressés.

Charles ressemblait parfaitement à
milady , excepté pourtant dans son
air froid et sérieux.

Il la félicita d'avoir acquis une
amie telle que moi ; lui dit qu'il me
trouvait très-belle , mais n'en parla
qu'une seule fois , à elle seule , et
se renferma ensuite dans la réserve
la plus soutenue.

De mon côté, quoique je trouvasse
Charles un des hommes les plus aimables que j'eusse jamais rencontrés,
j'étais avertie de ses préventions , je
ne voulais pas les justifier, et je le
traitais avec une froideur extrême.

Charles était absolument de mon
âge, ce qui , d'après la différence des

sexes , décidait qu'il était plus jeune que moi.

Je n'avais à aucuns titres , aucune prétention sur lui , et cette justice que je me rendais à moi-même , me fit paraître à ses yeux plus modeste et plus intéressante que toutes les autres françaises qu'il eut rencontrées jusqu'alors.

L'état de milady empirait chaque jour , et loin que son affection parut s'affaiblir , elle ne paraissait regretter et chérir dans la vie que son frère et moi.

Cette tendresse avec laquelle elle nous réunissait dans son ame , amenait les épanchemens les plus doux.

Elle ne pouvait plus quitter son appartement , et je passais avec Charles les jours et les nuits à la soigner.

S'étonnera-t-on qu'une si grande intimité nous conduisit à la plus ten-

N 3

dre passion l'un pour l'autre ! Le soin
que nous prenions à la cacher l'ani-
mait encore ; mais Charles avait une
austérité effrayante dans ses opinions.

Je ne sais si dans ses voyages il
avait accordé quelque chose à la
fougue du premier âge , mais l'idée
du désordre ne s'offrait qu'avec dégoût à son esprit. Il ne se déciderait
à me parler de son amour que quand
il serait résolu à m'offrir sa fortune
et sa main.

Mais, s'il comptait absolument
pour rien l'inégalité de nos fortunes,
il eut renoncé avec une fermeté inébranlable à tous ses sentimens pour
moi , plutôt que de s'unir avec une
femme dont il eût été possible de
suspecter un instant la vertu.

Charles ne me faisait point un
crime d'un divorce involontaire, dont

il connaissait les circonstances et la nécessité.

Mais il avait écrit en France , et attendait avec une extrême inquiétude les renseignemens qu'on devait lui procurer.

On juge bien que j'ignorais cette démarche , dont je n'aurais pas été moins tourmentée que lui-même , car si les fautes de ma jeunesse devaient m'inspirer des regrets , je n'en pouvais trouver une punition plus rigoureuse qu'en perdant l'estime de Charles , qui était véritablement un être parfait par les vertus comme par les agrémens extérieurs.

Milady avait pénétré les sentimens de son frère, elle ne cessait de les exalter par les éloges continuels qu'elle me donnait ; gardant surtout un silence bien profond sur les circonstances qui nous avaient rapprochées.

Un jour que milady , beaucoup
plus mal , gardait son lit , elle nous
appela , son frère et moi , du ton le
plus plaintif.

— Ma tendre amie , me dit-elle ,
je me sens mourir, et j'avoue que je
regrette assez peu la vie ; j'ai toujours
été parfaitement heureuse, cela n'est
pas dans la destinée humaine ; et
sans que je puisse prévoir comment,
je suis persuadée que les années que
la nature me refuse eussent été rem-
plies par la douleur.

Je suis donc parfaitement résignée
à la mort , mais dois-je en ce moment exprimer mon seul , ... mon
dernier vœu !

J'avais pris une de ses mains que
je baignais de larmes.

 Charles , désespéré , mais plus
ferme que moi , retenait les siennes ;
il écoutait sa sœur avec une expres-

sion si touchante, que j'en étais doublement émue.

— Charles, ajouta la bonne milady, qui semblait avoir perdu avec
l'espérance de la vie toutes les imper-
fections de son caractère, Charles,
aucun homme ne mérite le bonheur
comme toi.... ; aucune femme ne
peut le donner comme Eugénie.... ;
avant d'expirer ne la nommerai-je
point ma sœur.... ; ne réunirai-je
point vos mains dans les miennes... ;
mon dernier soupir ne vous confon-
dra-t-il pas....?

J'étais fort loin de m'attendre à
cette brusque explication ; je cachai
mon visage dans les bras de milady,
mais non pas sans avoir observé la
vive rougeur qui se répandit sur celui
de Charles.

— Ma tendre et chère Clara, dit-il
à sa sœur, le moment de vos souf-

frances ne peut être pour personne
celui du bonheur : ne vous abandon-
nez pas à la faiblesse des pressenti-
mens, guérissez vite, et croyez,
dit-il plus bas, que votre frère n'ap-
précie pas moins bien que vous ce
qui mérite d'être adoré... Un regard
timide et tendre suivit ce propos,
plus flatteur que positif.

Un évanouissement dans lequel milady tomba, porta toute notre attention sur elle. Animés de la même
inquiétude, de la même douleur,
nos ames étaient d'accord, dans ce
qui même nous était étranger.

Toujours ensemble, toujours près
d'elle, la liberté qui s'établissait entre
Charles et moi avait la pureté de
l'amitié et tout le charme de l'a-
mour.

Un rayon d'espérance vint nous
faire sentir la douceur de notre si-

tuation. Milady se trouvait mieux et se rendit avec nous à Richemont, séjour délicieux, et dont l'air plus favorable à sa santé que celui de Londres, nous fit croire pendant deux mois qu'il nous serait possible de la conserver.

_____

CHAPITRE XIX.

Nous étions assis , milady , Charles
et moi , dans une des superbes allées
du parc de Richemont , quand nous
vîmes passer une petite femme très-
contrefaite , et qui me paraissait
vieille.

J'y fis d'autant moins d'attention
que je ne pensais pas la connaître ;
mais elle repassa devant nous , me
fixa avec un air de surprise , et s'écria
très-haut : c'est elle... , c'est madame
de Lomédy.

—Vous connaissez cette femme , me
dit Charles en jettant un œil inquiet
sur elle et sur moi.

En ce moment même je la reconnaissais... , et quoiqu'elle fut exces-
sivement vieillie , changée et plus

disgraciée que jamais de la nature,
je ne me trompais pas..., c'était Cécile, c'était pour mieux dire madame
d'Harlem, ma plus mortelle, ma plus
dangereuse ennemie.

Les suites de la révolution l'avaient
fait émigrer, et mon malheur voulut
qu'elle passât en Angleterre.

Une pâleur subite couvrit mon
visage ; cette cruelle femme le re-
marqua , et dit à l'homme dont elle
était accompagnée , et de manière à
être entendue de Charles :

— Je parierais bien que ce n'est
pas moi que cette belle dame croyait
trouver ici.

Milady voyait mon trouble, et pour
empêcher qu'il ne frappât son frère,
elle prit le parti de nous occuper
d'elle ; elle trouva l'air trop vif en
cet endroit , et voulut s'en aller.

Charles ne fit plus de questions,

mais tomba dans la plus profonde
rêverie ; à l'accent de madame d'Harlem, Charles avait bien deviné que
cette étrangère était une franç ise ,
et à son regard il avait reconnu la
haine et la malignité.

Je ne sais si l'intérêt qu'il avait à
connaître ma réputation en France ,
l'aurait porté de lui même à recher-
cher cette dame, mais il ne lui fut
pas nécessa're d'aller au-devant de
ses renseignemens.

Cécile nous avait fait suivre , et
ayant su notre nom et no're de-
meure , elle se flatta que j'aimais
Williams , et qu'il était encore tems
de me perdre et de se venger de moi.

Dès le lendemain elle lui fit tenir
un billet , et lui indiqua un rendez-
vous ; Charles nous le cacha et s'y
rendit pendant que j'instruisais avec
confiance milady du tourment que

me causait cette rencontre , qui ne l'inquiétait pas moins que moi.

La vindicative Cécile commença par se faire connaître à Charles , pour qu'il attachât plus d'importance à ses discours , en en mettant davantage à une personne dont l'âge et le nom méritaient quelques considérations :

— Milord , lui dit-elle , ma religion et mes principes me défendent le ressentiment , et quoique je puisse vous apprendre de la dame avec laquelle je vous ai vu hier (et que je connais bien mieux que vous) , soyez certain que la passion et la haine ne me font point agir.

— En ce cas , madame , répondit Charles avec dignité , me permettez-vous de vous demander par quel motif vous souhaitez que je sois désabusé sur son compte ?

— Les personnes les plus diffamées dans leur pays peuvent sans doute se flatter d'en imposer dans un autre ; mais si les gens honnêtes ne se faisaient pas un devoir de détromper des étrangers respectables , chez lesquels une femme sans mœurs a pu trouver honneur , appui et protection , n'en résulterait-il pas des conséquences affreuses , et ne redoutez-vous pas que la réputation de milady..

— La réputation de ma sœur est faite , dit Charles avec fierté et mécontentement.

Madame d'Harlem voyant au ton de Charles qu'il était avantageusement prévenu pour moi , changea tout d'un coup de langage , et s'abandonnant aux larmes que le dépit lui fournissait :

— Milord , lui dit-elle , je me suis abusée moi-même , et je dois vous avoue:

avouer ma faute ; la haine , oui la
haine , la fureur me conduit ; recon-
naissez-en les effets dans l'empres-
ment avec lequel je vous ai cherché
depuis que j'ai reconnu ici madame
de Lomédy ; je lui veux plus de mal
qu'il ne me sera sans doute possible
de lui en faire.... ;. vous frissonnez ,
milord , je vous fais horreur.... ;
mais en recevant ces aveux sincères ,
connaissez aussi ce qui doit me défendre dans votre esprit :

C'est un époux que je pleure , un
époux adoré qu'Eugénie m'a ravi ,
qu'elle a séduit dans ma propre maison , en feignant pour moi la plus
douce amitié

Hélas ! j'aurais pu lui pardonner
peut-être, si en troublant notre union
et notre félicité , cette femme per-
fide eut au moins fait le bonheur de
mon époux ; mais elle l'a réduit à

Tome IV.   O

quitter son pays , à sacrifier sa fortune ; et jouet de ses caprices , le
comte d'Harlem a perdu la vie dans
les combats , loin de sa femme , de
son fils et de tout ce qui lui était
cher.

Cécile se livra au désespoir en
achevant ces mots , et le comte ,
trop pur , trop honnête pour ne pas
être un peu crédule , dut croire que
si madame d'Harlem n'en imposait
pas sur tous les points avec une au-
dace inouie , elle avait les motifs les
plus légitimes pour m'abhorer.

— Je respecte votre douleur , madame , et la plainte qu'elle vous
arrache , mais vous doublerez mon
respect et mon estime pour vous ,
lui dit Charles , en gardant le secret
ici sur toutes ces choses ; milady
S*** est mourante , et ce ne serait
pas un faible crime que de troubler

ses derniers momens..., que de la priver des soins d'une amie....

— Vous êtes bien indulgent, reprit madame d'Harlem avec amertume.

— Madame, je crois possible qu'une femme qui en accuse une autre exagère un peu.

— C'est un bandeau bien épais que celui de l'amour, ajouta Cécile. Charles la salua avec un air froid et sévère, et ne voulut pas l'écouter plus long-tems; mais il rentra dans un abattement si visible, que je ne doutai pas d'un instant que la rencontre du parc n'eut produit tout le mal que j'en pouvais redouter.

CHAPITRE XX.

CHARLES, désespéré, inébranlable dans ses principes, mais toujours loyal et franc dans ses procédés, profita dès le lendemain de la situation de Milady, qui, n'ayant pas dormi de la nuit, reposait le jour, et me fit demander la permission de m'entretenir un moment.

Je pressentis le motif de cette demande, je lui fis dire de monter ; et le cœur brisé de douleur, je me crus assurée, avant de parler à Charles, que mon bonheur était détruit sans retour.

Le malheureux jeune homme, plus ému, plus faible que je ne l'avais jamais vu, se mit à mes genoux et me dit d'une voix tremblante : — Eu-

génie, ce n'est point une tendre dé-
claration qui me fait prendre cette
humble posture près de vous, mais
je viens ici vous accuser......, me
plaindre de vous, à vous-même....;
et, d'après cette témérité, s'il était
possible que vous n'eussiez pas besoin
d'indulgence, aurais-je droit à obtenir mon pardon?....

— Charles, relevez-vous......;
relevez vous, lui dis-je ; ce n'est pas
à vous que cette attitude convient....

Hélas ! je le fis pâlir ; cette manière
de lui répondre ne l'éclairait déjà que
trop.

— Eugénie, dit-il en quittant len-
tement cette attitude, savez-vous que
j'ai vu madame d'Harlem ?

— Charles, je la connais ; je sais de
quoi elle est capable, repris je avec
beaucoup de véhémence... ; elle m'a
déshonorée, perdue dans votre esprit.

—Elle ! madame d'Harlem ! s'écria-t-il plus vivement encore! Non , elle n'en a pas le pouvoir ! Si je vous juge d'après mon cœur , vous êtes innocente; si je vous crois coupable, ce sera d'après vous-même. ... je n'en croirai que vos propres aveux. . . . .
Je gardais le silence. . . . . je fixais la terre avec le plus vif sentiment de confusion et de douleur.

— Eugénie , me dit Charles , presque bas , et comme s'il eût craint lui-même d'obtenir une réponse ; Aimiez vous le comte d'Harlem ? . . . L'avez-vous séparé de son épouse?... Sa mort est-elle votre ouvrage ? . . . .

— Sa mort ! m'écriai-je, en apprenant cette triste nouvelle, que j'avais ignorée jusqu'alors. . . . Malheureux comte, vous êtes vengé ! . . .

— Il est donc vrai, dit Charles , j'ai tout perdu ! il n'est plus au

pouvoir des hommes de me rendre la
félicité.....

Mon cœur était déchiré ; et cet
amour que j'avais toujours dissimulé
à Charles , je le laissais éclater en re-
nonçant à lui.

— Ne pas être estimée de l'être
qu'on adore , de celui qui mérite et
qui possède toutes les affections de
notre ame , Charles , voilà la punition la plus terrible du ciel !

— Je ne puis douter que madame
d'Harlem n'ait exagéré mes torts ,
n'ait écarté de votre esprit tout ce
qui pourrait me servir d'excuse ; mais
je dédaigne avec vous ces vains pallia-
tifs. L'époux de cette femme , fut mon
amant, et ce n'est qu'avec la plus
pure vertu que Charles Williams doit
s'unir....

Charles qui avait toujours ignoré
jusqu'à quel point je répondais à son

amour, souffrait tout ce que peut en-
durer un cœur généreux et sensible ;
ma sincérité faisait sur lui l'impression la plus favorable. . . .

— Infernale créature ! s'écria-t-il,
que venait-elle faire ici ?

— Charles, j'aurais tremblé toute
ma vie ; je n'aurais goûté qu'à demi
le bonheur.

— Et vous m'aimiez , Eugénie !
vous m'aimiez réellement ?

— Ah ! Charles , m'écriai-je , et je
tombai dans ses bras , baignée de
larmes et dans une attitude qui quoiqu'elle eut pu annoncer la confiance
et la familiarité , n'était que la suite
d'une douleur commune et à laquelle
nous étions sûrs qu'il n'y avait pas de
remède au monde ; car Charles avait
dit cent fois en ma présence ; si j'ai
jamais des garçons , je les élèverai
moi-même ; si j'ai des filles. . . . pour
leçon,..

leçon.…., pour exem plle..:.. je leur montrerai leur mère., c'est ainsi qu'elles apprendront la vertu.

Pleine de ces souvenirs, je m'étais demandé cent fois à moi-même , si je devais accepter la main de Charles, et j'avais souvent formé le généreux projet de la refuser et de l'instruire ; mais comme il ne s'expliquait pas formellement encore, et que l'état de milady nous occupait plus que notre amour même , je différais toujours de m'arrêter à ces pénibles idées.

Nous nous promîmes Charles et moi, de ne pas instruire sa sœur de cet entretien ; il me supplia de ne pas l'abandonner jusqu'à sa mort, qui ne pouvait être que très-prochaine, d'après les rapides progrès de la pulmonie dont elle était attaquée.

Mais tous nos soins ne nous sauvèrent pas de sa pénétration ; elle

Tome IV.   P

devina ce qui s'était passé entre nous ; quoiqu'e le ne nous en parlât jamais. Seulement elle refit son testament, dans la *supposition* où Charles ne deviendrait pas mon époux.

Ce fut à cette précaution, que je connus par la suite, que nous n'avions pu lui épargner ce dernier chagrin.

De ce moment, son état empira de jour en jour ; son courage, à la vue si prochaine de la mort, et dans la plus belle saison de la vie, ne se démentit pas un moment. Et, se rappelant avec moi , son séjour chez M. Malo et la cau e qui l'y avait conduite, — Mon Eugénie, me dit elle, le colonel de * * *, ne p nse guère en ce moment qu'il me coûte la vie , car c'est des suites de cette ma heureuse couche, que je péris à vingt-deux ans.

—Souhaiteriez - vous, lui dis - je, qu'il connût votre situation ?

—Non, me dit elle avec fermeté, j'ai mérité mon sort ; mais je ne pourrais supporter la pitié de personne. Faites surtout que mon frère ignore à jamais cet événement..... Charles...... l'inexorable Charles haïrait ma mémoire, et je veux vivre dans son cœur.

Je ne dirai rien des derniers jours de milady et de la douleur affreuse que nous causa sa perte, quoique nous y fussions depuis si long tems préparés ; dans cette longue et incurable maladie, la nature se défend si long-tems, que l'espérance se soutient à la vue même du danger.

Charles pleura avec moi ; et cet horrible chagrin fut peut-être la seule diversion possible à des sentimens réciproques, mais dont nous ne pouvions plus nous promettre aucun bonheur.

Le testament de milady me laissait un tiers de sa fortune. Ce don excessif me parut presqu'une injustice envers Charles, et je ne voulais pas absolument l'accepter. Mais ce généreux jeune homme était bien éloigné de me le disputer, et eut voulu m'en offrir davantage.

Il m'obtint des passe-ports pour repasser en France, ce que je désirais vivement, et où les intérêts de mon fils me rappelaient.

J'appris en France que M. de S.t-Prix avait séduit Pauline (comme cela ne m'avait jamais paru douteux). Madame de S.t-Prix en avait été imprudemment avertie, et s'était retirée dans un ancien couvent où elle avait péri malheureuse, très-repentante

de ses erreurs et du funeste exemple
qu'elle avait donné à ses enfans.

Pauline, déshonorée dans la province, y vivait tristement à la campagne, et dans la plus grande médio-
crité.

S.t-Prix , forcé enfin à se trouver
mécontent de lui-même, et cherchant
à s'étourdir , s'était livré aux excès
les plus nuisibles à sa santé. Un accès
de goutte remontée dans l'estomac,
venait de terminer en peu d'heures sa
vie orageuse et coupable ! L'illusion
qu'il s'était faite toute sa vie, sur ses
désordres , permit à ses victimes
mêmes d'honorer sa mémoire de
quelques larmes ; pour moi , je ne
sentis que trop , en apprenant sa
mort, que le père de mon fils ne pouvait être un étranger pour moi.

Je revenais en France, avec une
assez grande fortune ; elle rapprocha

de moi une société agréable et choi-
sie ; mais qu'que dans un âge où je
pouvais peut être encore prétendre à
l'amour , le souvenir de Charles
Williams m'en défendit à jamais. Il
voyagea dans toute l'Europe, excepté
en France , où il craignait de me
revoir, et sans doute de m'aimer encore.

La fortune ne me dédommagea pas
du bonheur que j'aurais goûté en
m'unissant à lui, et cette peine fut la
juste punition de mes torts.

Je m'informai avec empressement
de Dancourt et de son fils , il était re-
passé en France un moment.

Plein de tendresse pour cet enfant ,
il s'était décidé à le remmener avec
lui en Italie , malgré son extrême
jeunesse.

Dancourt n'était pas régulièrement

marié , mais il avait pris dans une classe ordinaire une compagne douce et modeste, qui avait le p us grand soin de mon fils.

Le général avait enfin placé son père dans une administration où il faisait bien ses affaires, et n'eut pas accepté les services que je me serais t ouvée très-heureuse de lui rendre à mon tour.

Fabrice était père d'une nombreuse famille, et me revit avec amitié.

Mes parens et madame de Luzi me traitèrent bien à mon retour ; mais leurs inclinations les éloignaient de Paris, comme la mienne m'y fixait.

Le comte de Ligni était passé aux Grandes Indes ; on n'en recevait pas de nouvelles.

Ce fut dans le calme d'une vie innocente et pure que je retrouvai le bonheur ; l'amour me laissa, il est vrai, quelques doux souvenirs ; mais en retournant mes regards sur le tableau de ma vie entière, je ne pus calculer mes larmes, et il me fut facile de compter mes plaisirs.

FIN.

www.ingramcontent.com/pod-product-compliance
Lightning Source LLC
Chambersburg PA
CBHW070900030726
47504CB00005B/1411